De Cock en het lijk op drift

A.C. Baantjer

De Cock

en het lijk op d

Fontein Paperback

ISBN 90 261 0935 0
Nugicode 332

Foto omslag: Maran Olthoff
Omslag: Twin Design bv, Culemborg
Verspreiding voor België: Uitgeverij Westland nv, Schoten

1

Met zijn oude regenjas nog aan, zijn vilten hoedje nonchalant achter op zijn hoofd geschoven, waggelde rechercheur De Cock van het aloude politiebureau aan de Amsterdamse Warmoesstraat in zijn zo typische slenterpas door de grote recherchekamer. De Cock waggelde altijd. Een genetisch erfgoed, opgebouwd in een voorgeslacht van een lange reeks Urker vissers, die staande op de achterplecht met de helmstok tussen hun sterke enkels zwalkend op de oude Zuiderzee hun wankele houten bottertjes stuurden.

De grijze speurder was in een slecht humeur. Zijn gezicht, gewoonlijk vol vriendelijke plooien en een lachende mond, droeg de markante trekken van een naderende donderwolk. Tijdens zijn gang door de recherchekamer keek hij omhoog naar de grote klok boven de toegangsdeur.

'Drie uur,' bromde hij grimmig, 'drie uur in de nacht.' Hij zwaaide wild om zich heen. 'Wat doe ik hier in dit kale gore hok van criminele ellende.'

Vledder, zijn jonge assistent, zwaaide naar het raam.

'Kijk naar buiten,' riep hij uitbundig. 'Een zoete zwoele zomernacht. Het gebeurt in ons land niet zo vaak dat men die bewust beleeft.'

De Cock snoof.

'Larie,' riep hij kwaad. 'Wat interesseert mij een zoete zwoele zomernacht? Ik ben geen puber. Een christelijk mens van mijn leeftijd ligt om dit uur op zijn bed... gedompeld in stichtelijke dromen.'

Voor het bureau van Vledder bleef hij staan.

'Heb jij wel eens een lijk zien weglopen?' vroeg hij grijnzend.

De jonge rechercheur zuchtte omstandig.

'Er zat bloed op zijn overhemd,' sprak hij vergoelijkend, 'en hij bewoog niet meer.'

De Cock grinnikte vreugdeloos.

'Toen dachten ze: die vent is vermoord.'

Vledder knikte.

'De dienders waarschuwden met de mobilofoon de wachtcommandant.'

'En omdat Jan Kusters er zonder meer van uitgaat,' sprak De Cock cynisch, 'dat wij verzot zijn op nachtelijke lijken liet hij ons opdraven.'
'Niets bijzonders,' reageerde Vledder kalm. 'De wachtcommandant kon niet anders. Hij is afhankelijk van hetgeen de dienders hem melden.'
'Een lijk.'
'Precies.'
De Cock lachte spottend.
'En voordat wij bij de Paternostersteeg waren, liep het lijk in alle gemoedsrust weg.'
Vledder maakte een schouderbeweging.
'Een foutje. Een verkeerde inschatting. Die dienders dachten werkelijk dat de man was overleden. Gezien het bloed op zijn overhemd vermoedden zij een misdrijf.' De jonge rechercheur keek omhoog. 'Heb jij in je leven nooit fouten gemaakt?'
De Cock bromde een verwensing. Hij nam zijn oude vilten hoedje van zijn hoofd en wierp dat missend naar de kapstok.
'Ik heb nog nooit een lijk laten weglopen,' riep hij schamper. 'Ik heb er altijd voor gezorgd dat ze onder mijn hoede bleven.'
Vledder lachte.
'De man lag roerloos op de grond. Plotseling stond hij op, keek even om zich heen, riep "goedenacht" en liep de steeg uit.'
De Cock ging in de stoel achter zijn bureau zitten.
'Ze hebben die man niet meegenomen... voor onderzoek... vragen waarom hij daar lag... hoe dat bloed op zijn overhemd kwam?'
Vledder schudde zijn hoofd.
'Op het moment dat het lijk plotseling van hen wegliep, waren die twee dienders te verbouwereerd om te reageren. Toen ze uiteindelijk tot actie wilden overgaan, was de man verdwenen.'
De Cock keek hem verwonderd aan.
'Ze weten niet wie hij is?'
Vledder schudde opnieuw zijn hoofd.
'De wachtcommandant heeft een paar eerstehulpposten in de stad gebeld en gevraagd... wanneer een gewonde man met bloed op zijn overhemd zich bij hen meldt... of zij ons willen berichten.'
'En daar wachten wij nu op?'

'Voorlopig wel.'
De Cock grinnikte.
'En wat doen wij intussen... patience spelen?'
Vledder keek hem misprijzend aan.
'Doe niet zo obstinaat,' riep hij afkeurend. 'Heb nog even geduld. Je nachtrust is toch al bedorven. Jan Kusters heeft ook de centrale post aan het hoofdbureau gebeld en gevraagd of alle surveillancewagens in de stad willen uitkijken naar een man met bloed op zijn overhemd. Misschien levert het al gauw iets op.'
De Cock schudde afkeurend zijn hoofd.
'Klungelwerk.'
Vledder spreidde zijn beide handen.
'Twee jonge dienders,' verzuchtte hij, 'die van hun leven nog nooit een dood mens hebben gezien, vinden midden in de nacht in een vieze steeg, liggend op zijn rug een bewegingloze man met gesloten ogen en een opengeslagen colbert, wat kun je...'
De Cock wuifde het pleidooi van Vledder weg.
'Is er een signalement?'
De jonge rechercheur raadpleegde een notitie op zijn bureau.
'Blond... flink postuur... tussen de dertig en de veertig jaar... een donkergrijs kostuum, vermoedelijk iets bemodderd.'
'En stinkend.'
Vledder keek hem niet-begrijpend aan.
'Stinkend?'
De Cock knikte.
'De Paternostersteeg wordt frequent als urinoir gebruikt.'
'Dat is waar. Heb jij enig idee wat er kan zijn gebeurd?'
De Cock knikte.
'De man heeft in de steeg staan pissen en is toen overvallen en beroofd.'
'Hij lag roerloos.'
De Cock gebaarde voor zich uit.
'Een schokeffect... een schrikreactie. Vermoedelijk was de man minutenlang verstijfd van schrik... niet in staat zich te bewegen.'
Vledder maakte een grimas.
'Hij had toch aan de dienders uit kunnen leggen wat er was gebeurd... aangifte kunnen doen van beroving?'

De Cock glimlachte.
'Er zijn tal van redenen te bedenken waarom de man zijn aanwezigheid in de steeg op dat uur van de nacht niet openbaar wilde maken.'
'Zoals?'
De Cock trok een grijns.
'Misschien had hij buiten weten van zijn echtgenote erotische avonturen gezocht... misschien was de man homofiel... op zoek naar vreugdevolle contacten.'
De oude rechercheur stond verveeld van zijn stoel op, slofte naar de kapstok en raapte zijn oude hoedje van de vloer. Hij gebaarde omhoog naar de grote klok boven de toegangsdeur. 'Het is bij half vier. Ik wacht niet langer. Ik ga naar huis.'
Nog voor de grijze speurder zijn vilten hoedje op zijn hoofd kon schuiven, werd er geklopt en Vledder riep: 'Binnen.'
De deur van de recherchekamer gleed langzaam open en in de deuropening verscheen de gestalte van een stevig gebouwde man. Hij had zwart golvend haar en bruine ogen in een ovaal gezicht. De Cock schatte hem op achter in de dertig. Hij droeg een lichtbruin kostuum van ruige wol. De mouwen van zijn colbert waren ter hoogte van zijn beide ellebogen met reepjes leer afgezet. De man blikte van De Cock naar Vledder en terug.
'Ik... eh, ik kwam de vermissing van mijn oude moeder melden,' sprak hij aarzelend. 'De wachtcommandant beneden zei dat de recherche aanwezig was en dat ik mijn melding bij u kon doen.'
De Cock onderdrukte een opkomende woede.
'En daarvoor kiest u dit onzalige uur?' vroeg hij knorrig.
De man toonde zich verongelijkt.
'Ik bemerkte eerst vanavond laat dat ze niet thuis was,' sprak hij verdedigend. 'De halve nacht heb ik familie en kennissen uit hun slaap gebeld om te vragen of moeder misschien bij hen was. Ziet u, ze is wel vaker een paar dagen op sjouw. Dan logeert ze ergens. Maar ik ben nu toch bang dat haar iets is overkomen.'
De Cock liet de donderwolk van zijn gezicht glijden en toverde een beminnelijke glimlach. Met zijn hoedje in de hand slenterde hij terug naar zijn bureau en liet de man naast hem plaatsnemen. Hij nam een vel papier uit een lade van zijn bureau en beduidde Vledder om eveneens aantekeningen te maken.

'U bent?' opende hij vriendelijk.
'Van Nederveld... Gerard van Nederveld.'
'Woont?'
'Camera Obscuralaan 327 in Amstelveen.'
De Cock keek even op.
'U verzoekt de opsporing van?'
Gerard van Nederveld verschoof iets op zijn stoel.
'Alida Maria van Nederveld-De Ruijter. Weduwe. Vader is een jaar geleden overleden.'
'Oud?'
'Moeder?'
'Ja.'
Gerard van Nederveld weifelde even.
'Ze was eenentwintig jaar toen ik werd geboren. En ik ben achtendertig. Negenenvijftig.' Hij knikte voor zich uit. 'Ja. Ze zou dit jaar zestig zijn geworden.'
De Cock krabbelde met scheve hanenpoten.
'Signalement?'
Gerard van Nederveld zuchtte.
'Een lief, klein parmantig dametje. Grijs haar, bijna zilverkleurig. Bruine ogen, zoals ik. Ze zeggen altijd dat ik op haar lijk.'
De Cock keek de man monsterend aan.
'Dezelfde gelaatstrekken?'
'Ongeveer.'
'Hoe was ze gekleed?'
Gerard van Nederveld bracht zijn beide handen in een gebaar van wanhoop omhoog.
'Geen flauw idee. Ik ken haar garderobe niet. Bovendien let ik nooit op de kleding van anderen. Als u mij zou vragen wat mijn eigen vrouw vandaag droeg, dan zou ik u dat niet kunnen vertellen.'
De Cock knikte begrijpend.
'Heeft uw moeder nog bijzondere kenmerken... tatoeages, littekens?'
Gerard van Nederveld verzonk in gepeins.
'Jaren geleden hebben ze in het ziekenhuis een blindedarm bij haar weggehaald. Misschien is daar nog iets van te zien.'
De Cock schoof het vel papier van zich af en leunde iets achterover.

'Had u veel contact met uw moeder?'
Gerard van Nederveld trok zijn schouders iets op.
'Eenmaal in de week ging ik wel even bij haar op bezoek of ik belde haar op... zomaar een babbeltje over het weer... over haar kwaaltjes.'
'Had ze die?'
Gerard van Nederveld glimlachte.
'Welke ouder wordende vrouw heeft die niet?'
'Waar woont ze?'
'In de Hartenstraat op nummer driehonderdtwaalf. Tussen de Heren- en de Keizersgracht. Daar woonde ze al sinds haar huwelijk.'
'Hebt u redenen om ongerust te zijn?'
Gerard van Nederveld gebaarde heftig.
'Ze is nergens.'
De Cock glimlachte.
'Misschien is ze een paar dagen op reis... heeft ze nieuwe kennissen opgedaan... kennissen, die u nog niet kent?'
Gerard van Nederveld schudde zijn hoofd.
'Moeder legt niet makkelijk contacten met anderen. Ze zei altijd: "Ik houd ze op mijn dooiewagen".'
De Cock lachte.
'Die uitdrukking heb ik nog nooit gehoord.'
Gerard van Nederveld knikte.
'Ze bedoelde daarmee,' sprak hij ernstig, 'dat ze onbekenden graag op een afstand hield. Ze was wat achterdochtig, maar voor mensen die haar vertrouwen hadden gewonnen, was ze uiterst behulpzaam en offervaardig.'
'Een nieuwe man in haar leven?'
Gerard van Nederveld schudde zijn hoofd.
'Ze had de dood van vader nog niet verwerkt. Als ik bij haar was, dan sprak ze steeds over vroeger toen vader nog leefde.'
'Zelfmoord?'
Gerard van Nederveld schonk hem een medelijdend lachje.
'Moeder was een gelovige vrouw. Het leven was een geschenk van God, een donatie, daar mocht de mens niet zelf over beschikken.'
De Cock kwam uit zijn stoel overeind ten teken dat hij het onderhoud als beëindigd beschouwde.

'We zullen een landelijk telexbericht verzenden met een verzoek tot opsporing van de verblijfplaats van uw moeder. Mocht u nadere informatie hebben, dan horen wij dat van u. Zo gauw wij iets weten, zullen wij u berichten.'
De oude rechercheur dacht na. Er schoot hem nog een vraag te binnen:
'Was uw moeder bemiddeld?'
'Of ze rijk was?'
'Dat bedoel ik.'
Gerard van Nederveld tuitte zijn lippen.
'Redelijk, redelijk. Er was voldoende om haar een zorgeloze oudedag te garanderen. Bovendien bezat vader kostbare verzamelingen.'
De Cock hield zijn hoofd iets schuin.
'U bent de enige erfgenaam?'
Gerard van Nederveld schudde zijn hoofd.
'Wij zijn met ons vieren. Ik ben de oudste. Daarom voelde ik mij geroepen om deze stap te doen.'
'U bedoelt: kennisgeving van haar vermissing?'
'Precies.'
'En de anderen?'
Het gezicht van de man betrok.
'Die waren niet geïnteresseerd.'
De Cock trok zijn wenkbrauwen op.
'Vreemd?'
Gerard van Nederveld maakte een hulpeloos gebaar.
'Zo gaat dat soms in families,' sprak hij somber. 'Na de dood van vader was ik de enige die nog contact met moeder onderhield.'

Toen Gerard van Nederveld uit de recherchekamer was verdwenen, wuifde De Cock naar Vledder.
'Bel Jan Kusters en vraag hem of hij al iets weet van dat weggelopen lijk en zeg hem dat hij midden in de nacht geen mensen naar ons moet sturen om vermissingen aan te geven. Dat had best morgenochtend gekund.'
Vledder greep naar de telefoon. De Cock beduidde hem nog even te wachten.
'Is jou iets opgevallen aan dat verhaal van Gerard van Nederveld?' vroeg hij geïnteresseerd.

Vledder keek hem niet-begrijpend aan.
'Wat?'
De Cock trok een denkrimpel in zijn voorhoofd.
'Hij sprak steeds in het verleden. Daar-*woonde*-ze-al-sinds-haar-huwelijk. Moeder-*was*-een-gelovige-vrouw. Zij-*zou*-dit-jaar-zestig-*zijn-geworden*. Begrijp je? Hij sprak steeds alsof hij al wist dat zijn moeder dood was.'
Vledder knikte.
'Je hebt gelijk. Toen jij hem vroeg: *Was* moeder bemiddeld? verbeterde hij je niet.'
De Cock glimlachte.
'Ik gebruikte dat *Was*... die verleden tijd, met opzet... wachtte op zijn reactie.'
'Denk jij dat er meer achter deze vermissing steekt?'
De Cock spreidde zijn beide handen.
'Ik denk nog niets. We wachten rustig de ontwikkelingen af. Misschien duikt moeder Van Nederveld-De Ruijter na een paar dagen weer ergens op.'
Beiden zwegen. Na enige tijd boog Vledder zich vertrouwelijk naar voren.
'Heb jij wel eens iets verzameld?'
De Cock plukte aan het puntje van zijn neus.
'Briefjes van honderd. Maar daar ben ik nooit ver mee gekomen.'
Vledder lachte vrijuit.
'Zo ken ik je weer. Je was zo knorrig vannacht.'
De accolades rond de mond van De Cock dansten een samba.
'Ze moeten mij niet...'
Het rinkelen van de telefoon onderbrak hem. Vledder pakte de hoorn op en luisterde. Na een poosje legde hij de hoorn op het toestel terug.
De Cock keek hem belangstellend aan.
'Is het lopende lijk terecht?'
Vledder schudde zijn hoofd.
'Het was de Rijkspolitie te Water.'
'En?'
'Ze hebben een lijk uit het IJ opgevist.'
De Cock grinnikte.
'Wat hebben wij daarmee te maken? De Rijkspolitie te Water

vist jaarlijks tientallen mensen uit het IJ. Dat is hun sores.'
Het gezicht van Vledder versomberde.
'Het is een vrouw. In een zak van haar mantel zat een notitie met jouw naam.'
De oude rechercheur fronste zijn wenkbrauwen.
'Mijn naam?'
Vledder knikte.
'Rechercheur De Cock... met ceeooceekaa.'

2

Ze lag languit op haar rug in het gangboord van een ranke surveillance-motorboot van de Rijkspolitie te Water. Het schelle licht van een schijnwerper hield haar wasbleek gezicht gevangen. Een stroompje water gleed uit haar kleren, verdween door een spleet in de reling.
Met zijn handen diep in de steekzakken van zijn oude regenjas keek De Cock vanuit de hoogte secondenlang op haar neer. De woorden van Gerard van Nederveld kwamen terug in zijn gedachten: een lief, klein, parmantig dametje. Hij nam zijn handen uit zijn zakken, hield zich aan de reling vast en hurkte in het smalle gangboord. Zijn oude stramme knieën protesteerden hoorbaar. Met duim en wijsvinger drukte hij de gesloten oogleden even terug. Vledder boog zich over hem heen.
'Bruin,' sprak hij zacht.
De Cock knikte.
'Bruine ogen. Vrijwel zeker de vermiste Alida Maria de Ruijter, weduwe van Van Nederveld. Ze lijkt inderdaad iets op haar zoon Gerard. We zullen hem morgen met haar confronteren.'
De grijze speurder kwam weer omhoog, wierp nog een korte blik op de dode en stapte van de zacht deinende surveillanceboot op de wallekant.
Vledder volgde.
Een statige rijkspolitieman met een korte ringbaard liep op hem toe en tikte met zijn wijsvinger tegen de rand van zijn pet.
'Mijn naam is Vermeulen... Opper Vermeulen.' Hij zweeg even en hield zijn hoofd iets schuin. 'U bent de befaamde rechercheur De Cock... met... eh, met ceeooceekaa?'
De oude speurder grijnsde.
'Die faam mag u weglaten,' sprak hij wuivend. Hij gebaarde opzij. 'En dat is collega Vledder... Dick Vledder, mijn onvolprezen hulp.'
Opper Vermeulen knikte even in de richting van de jonge rechercheur en wees naar het lijk van de vrouw in het gangboord.
'We werden gewaarschuwd door een van uw mensen van de Warmoesstraat,' legde hij uit. 'Ze dreef in het water van de westelijke toegang onder het viaduct.'

De Opper grinnikte.
'Dat behoort tot het open havenfront en is dus ons territorium. Wij hadden u ook niet lastig gevallen, wanneer wij dat briefje niet in haar mantelzak hadden gevonden.'
De Cock knikte begrijpend.
'Hebt u dat briefje?'
De Opper duimde over zijn schouder naar het kantoor van de Rijkspolitie te Water.
'Het ligt op een vloeiblaadje te drogen. U kunt het straks meenemen.'
'Stond er alleen mijn naam op?'
Opper Vermeulen knikte.
'Rechercheur De Cock, politiebureau Warmoesstraat... verder niets.'
De Opper wees opnieuw naar het lijk.
'Ik vertrouw het niet helemaal,' sprak hij peinzend. 'Toen we haar vonden lag haar rug naar mijn gevoel te hoog uit het water. Ik dacht eerst dat er een luchtbel onder haar mantel was blijven hangen.'
'En?'
Opper Vermeulen schudde zijn hoofd.
'Dat bleek niet.'
De Cock keek hem onderzoekend aan.
'Wat betekent volgens u... haar rug te hoog uit het water?'
Opper Vermeulen trok zijn gezicht in een ernstige plooi.
'Dat kan betekenen,' antwoordde hij bedachtzaam, 'dat de vrouw nog lucht in haar longen heeft.'
De Cock kneep zijn ogen halfdicht en schudde zijn hoofd.
'Geen normale drenkeling?'
De Opper Vermeulen trok zijn schouders iets op.
'De sectie zal het moeten uitwijzen, maar ik heb zo het vermoeden dat ze al dood was voor zij in het water terechtkwam.'
'Moord?'
'Dat is uw conclusie,' antwoordde de Opper. 'Zover durf ik niet te gaan.'
De Cock negeerde de opmerking. Hij liet zijn blik over het water van het IJ dwalen. Een strook zilver maanlicht gleed glinsterend over een zwakke golfstroom.
'Waar?'

'U bedoelt: waar ze te water is geraakt?'
'Precies.'
De rijkspolitieman gebaarde wijd om zich heen.
'Dat is moeilijk te zeggen. Vrijwel iedere nacht wordt het grachtenwater gespuid. Dan ontstaan er sterke stromingen. Lijken leggen in het grachtenstelsel van de stad soms hele afstanden af.'
De Cock staarde peinzend voor zich uit.
'Het zou voor mij prettig zijn om te weten waar ze ongeveer in...'
Opper Vermeulen onderbrak hem. Hij wees opnieuw naar het lijk in het gangboord.
'Doet u het onderzoek naar de oorzaak van haar dood of doen wij dat?' vroeg hij zakelijk.
De Cock dacht na en wreef met zijn vlakke rechterhand over zijn brede gezicht.
'Gezien het briefje met daarop mijn naam dat u in haar mantelzak hebt gevonden, lijkt het mij het beste dat ik de zaak van u overneem. Bovendien... vannacht... nog geen uur geleden, heeft haar zoon bij mij haar vermissing gemeld.'
Opper Vermeulen trok een denkrimpel in zijn voorhoofd.
'U weet wie zij is?' vroeg hij verbaasd.
De Cock knikte traag.
'Alida Maria de Ruijter, negenenvijftig jaar. Weduwe van Van Nederveld.'
Opper Vermeulen keek hem verrast aan.
'Van Nederveld?' herhaalde hij vragend.
De Cock knikte.
'Zo heet ze... vrijwel zeker. Ik moet uiteraard nog een confrontatie doen.'
De mond van Opper Vermeulen zakte halfopen.
'Van Nederveld,' lispelde hij. 'Van Nederveld. Ik heb al eens een Van Nederveld uit het water gevist... nog geen jaar geleden.'

Vanaf de Westerdoksdijk liep dokter Den Koninghe met korte driftige pasjes het terrein van de Rijkspolitie te Water op. Hij werd gevolgd door twee broeders van de Geneeskundige Dienst met hun onafscheidelijke brancard. Ze torenden hoog boven de kleine lijkschouwer uit.

De Cock liep blij op de dokter toe en schudde hem hartelijk de hand. De grijze speurder had al sinds hun eerste kennismaking een zwak voor de excentrieke lijkschouwer met zijn ouderwetse grijze slobkousen onder een deftige streepjesbroek, zijn stemmig jacquet en zijn verfomfaaide groen uitgeslagen garibaldihoed.
'Hoe maakt u het?' vroeg hij uitbundig.
Den Koninghe antwoordde niet, verwonderd blikte hij naar hem op.
'Sinds wanneer ben jij in dienst bij de Rijkspolitie te Water?'
De Cock schudde glimlachend zijn hoofd.
'Ik ben hier te gast.' Hij duimde over zijn schouder naar Opper Vermeulen. 'Hij heeft met zijn bemanning uit het open havenfront een lijk van een vrouw gevist.'
De dokter trok een grijns.
'En daar had jij iets mee van doen?'
'Juist.'
De lijkschouwer schudde zijn hoofd.
'Het verbaast mij niets.' Hij keek om zich heen. 'Waar ligt ze?'
De Cock wees achter zich.
'In het gangboord van die motorboot.'
'Een drenkeling?'
De Cock trok een bedenkelijk gezicht.
'Opper Vermeulen van de Rijkspolitie te Water meent dat de vrouw met haar rug iets te hoog boven het water dreef. Hij vermoedt dat er lucht in haar longen is achtergebleven.'
De dokter knikte begrijpend. De kleine lijkschouwer stapte van de wal op de boot. Hij nam zijn garibaldihoed af, trok de pijpen van zijn streepjesbroek iets omhoog en knielde bij de dode neer. Nauwlettend bekeek hij haar gezicht. Daarna schoof hij de revers van haar mantel iets opzij en knoopte de hooggesloten blouse los. Aandachtig bezag hij haar hals.
Na enige tijd kwam hij overeind. Zijn knieën kraakten. Hij zette zijn hoed weer op en stapte van de motorboot op de wal. Met precieze bewegingen nam hij zijn bril af, pakte zijn pochet uit het borstzakje van zijn jacquet en poetste zijn glazen.
'Ze is dood,' sprak hij laconiek.
De Cock knikte met een strak gezicht.
'Dat begreep ik,' reageerde hij simpel.
De dokter gebaarde in de richting van de dode in het gangboord.

'Ik denk dat de Opper gelijk krijgt.'
'U bedoelt... lucht in haar longen?'
De dokter knikte.
'Dokter Rusteloos moet morgen bij de gerechtelijke sectie haar longen maar eens goed bekijken. Ook haar hals. Ik vraag mij af hoeveel kraakbeenringetjes van haar luchtpijp zijn gebroken.'
De Cock keek hem verbijsterd aan.
'Gebroken kraakbeenringetjes?' vroeg hij geschrokken.
Dokter Den Koninghe knikte opnieuw.
'Volgens mij heb je weer eens een moord op je nek. De vrouw is gewurgd.'

De Cock had zich ruim zes uur slaap gegund. Na een stevig ontbijt en een vluchtige kus op de wang van zijn vrouw, was hij ondanks een gebroken nachtrust opgewekt op weg gegaan naar de Warmoesstraat. Op het Stationsplein stapte hij uit een overvolle tram, keek speurend om zich heen naar mogelijke zakkenrollers en liep toen in een stroom reizigers uit het Centraal Station naar het brede trottoir van het Damrak. Voor het Victoriahotel wachtte hij geduldig tot de rode loopmannetjes in de verkeerszuilen groen werden en slofte toen verder.
Het was prachtig zomerweer. De zon stond statig stralend aan een strakblauwe hemel. Slechts hier en daar gleed een nietig stapelwolkje aan haar voorbij. Ze vormden geen enkele bedreiging. Al dagenlang had een reeks van aangekondigde depressies uit het Westen de zon niet kunnen verdrijven.
De Cock hield van zijn stad en genoot. De ellende van de afgelopen nacht verdween uit zijn gedachten. In het helle zonlicht scheen misdaad een onwezenlijk fenomeen. Hij schoof zijn oude hoedje ver naar achteren en blikte om zich heen. Door de luchtige kledij leek het aantal aantrekkelijke vrouwen in het stadsbeeld meer dan verdubbeld. Links van hem, aan de steigers van de rondvaartboten, wapperden de vlaggen. Ook de Beurs van Berlage was vrolijk gestemd.
Op de hoek van de Oudebrugsteeg bleef hij staan, zocht en vond in zijn broekzak een gulden voor de manser van het straatorgel en stak voor een aanstormende tramtrein van lijn negen de rijbaan van het Damrak over.
Op het veilige trottoir blikte hij de tram hijgend na.

'Lijn negen,' mompelde hij zwaar zuchtend, 'wordt nog eens mijn dood.'
Toen zijn ademhaling weer op peil was, sjokte hij verder naar de Warmoesstraat en stapte het bureau in.
Voor de balie stond een groepje toeristen. Gezien kleding en uitmonstering zonder twijfel 'from Great Britain'.
'Robbed?' vroeg de wachtcommandant in stijl.
De Engelsen knikten zonder uitzondering.
De Cock liep snel aan hen voorbij en besteeg de stenen trappen naar de tweede etage. Toen hij de grote recherchekamer binnenstapte, trof hij Vledder achter zijn elektronische schrijfmachine. De rappe vingers van de jonge rechercheur dansten over de toetsen.
De Cock keek hem glimlachend aan.
'Uitgeslapen?'
Vledder liet zijn vingers rusten.
'Nee,' riep hij kortaf.
De Cock veinsde verwondering.
'Wat doe je dan hier?'
Vledder reageerde nukkig.
'Iemand moet vanmiddag om drie uur toch naar Westgaarde voor de sectie. Ik heb een afspraak met dokter Rusteloos en ik kan hem niet laten wachten.' Hij klapte met zijn vlakke rechterhand op zijn schrijfmachine. 'En er moet toch ook een procesverbaal komen van het vinden van dat lijk vannacht.'
'Je bent onmisbaar,' knorde De Cock.
Het klonk spottend.
'Het wordt tijd,' snauwde Vledder, 'dat je het inziet.'
De Cock negeerde de opmerking.
'Heb je een confrontatie geregeld?'
'Om half drie... voordat dokter Rusteloos het mes in het lijk zet. Gerard van Nederveld komt en ik heb nog een dochter van het slachtoffer opgetrommeld.'
De Cock fronste zijn wenkbrauwen.
'Hoe kom je aan die dochter?'
Vledder zuchtte.
'Ik zei tegen Gerard van Nederveld dat ik voor de herkenning... voor het vaststellen van de identiteit van het slachtoffer... minstens twee mensen nodig had. Toen noemde hij mij zonder

enige aarzeling de naam van zijn zuster Evelien van Nederveld, getrouwd met Eduard van Wezep.'
De Cock wreef nadenkend over zijn kin.
'Hoe... eh, hoe reageerde Gerard van Nederveld toen jij hem vertelde dat de vrouw die de Rijkspolitie te Water vannacht uit het open havenfront had opgevist, vermoedelijk zijn vermiste moeder was?'
Vledder trok zijn schouders op.
'Ik heb hem telefonisch benaderd. Ik heb dus geen gelaatsexpressie kunnen waarnemen. Het was even stil aan de andere kant van de lijn, maar verder verliep het gesprek zakelijk.'
De Cock knikte begrijpend.
'Heb je hem verteld dat wij het vermoeden hebben dat zijn moeder niet door verdrinking om het leven is gekomen, maar werd gewurgd?'
Vledder schudde zijn hoofd.
'Dat laat ik liever aan jou over.'
De Cock glimlachte. Hij draaide zich langzaam om, slofte naar de kapstok en hing zijn regenjas en hoedje op. 'Weet je,' riep hij terugkomend. 'Ik ga vanmiddag met je mee naar Westgaarde. Ik wil het gezicht van Gerard van Nederveld zien als hij met zijn dode moeder wordt geconfronteerd.'
'Verwacht je daar wat van?'
De Cock liet zich in zijn stoel achter zijn bureau zakken. 'Dat is niet te voorspellen,' antwoordde hij bedachtzaam. 'Ik heb eens...'
De oude rechercheur stokte. Er werd op de deur van de recherchekamer geklopt en Vledder riep: 'Binnen.'
De deur gleed open en in de deuropening verscheen de gestalte van een jonge vrouw. De Cock schatte haar op achter in de twintig. Ze had lang blond haar dat golvend tot aan haar schouders reikte. De zachtblauwe nauwsluitende japon die ze droeg, accentueerde haar bijna wulpse vormen. Licht heupwiegend schreed ze naderbij.
Als gebiologeerd volgde De Cock haar bewegingen. Eerst toen ze pal voor hem stond, ontwaakte hij uit een lichte hypnose en gebaarde uitnodigend naar de stoel naast zijn bureau.
Ze nam plaats, sloeg haar benen over elkaar en draaide zich iets naar hem toe.

'Ik ben Evelien,' sprak ze zacht, 'Evelien van Wezep. Ik ben vanuit dit politiebureau gebeld om vanmiddag om half drie op Westgaarde te kijken naar een vrouw die vannacht uit het water is opgehaald.'
De Cock reageerde niet direct. Hij leunde iets achterover en keek haar onderzoekend aan. Ze was mooi, vond hij, uitzonderlijk mooi. Ze had een ovaal gezicht met naar haar kin toe afvlakkende wangen. Met haar volle, fraai getekende lippen had ze in de omlijsting van haar lange blonde haren een haast wellustige uitstraling. Maar de blik uit haar helgroene ogen was hard en koel.
'Uw eigen naam is Van Nederveld?'
'Dat klopt.'
De Cock trok zijn gezicht in een ernstige plooi. Hij bracht zijn handen naar voren en drukte de vingertoppen tegen elkaar.
'Wij vermoeden dat de vrouw die vannacht uit het water is opgehaald uw moeder is.'
Evelien van Nederveld leek niet geschokt.
'Mijn moeder?' vroeg ze vlak.
De Cock knikte.
'Alida Maria de Ruijter. Uw broer Gerard van Nederveld heeft bij ons haar vermissing gemeld. Onze vermoedens steunen op de gegevens die uw broer aan ons heeft verstrekt.'
Om de volle mond van Evelien van Nederveld kwam een harde trek. 'Waarom wilt u mij naar die vrouw laten kijken?' vroeg ze bits.
De Cock trok een denkrimpel in zijn voorhoofd.
'Ik begrijp u niet?'
Evelien van Nederveld gebaarde voor zich uit.
'U had toch ook een van mijn andere broers kunnen oproepen?'
De Cock zuchtte.
'Voor de vaststelling van de identiteit van... eh, van die vrouw verlangt de wet twee personen. Uw broer Gerard noemde spontaan uw naam.'
Evelien van Nederveld klemde haar lippen op elkaar.
'Ik ga niet naar die vrouw kijken.'
'Uw moeder.'
'Haar dood interesseert mij niet.'
De Cock maakte een hulpeloos gebaar.

'Ik kan u niet dwingen,' sprak hij hoofdschuddend. 'Als u niet wilt, dan zal ik moeten zoeken naar een andere getuige die uw moeder kan identificeren. Ik moet u wel zeggen dat uw houding mij verbaast.'
Evelien van Nederveld snoof.
'U kent mijn moeder niet... heeft haar nooit van nabij meegemaakt.'
De Cock boog zich iets naar haar toe.
'U bewaart geen prettige herinneringen aan haar?'
Evelien van Nederveld schudde haar hoofd.
'Ze was een serpent.'
De Cock spreidde zijn handen.
'Ik heb niet de indruk dat uw broer Gerard uw mening deelt. Hij toonde zich bezorgd... kwam zelfs midden in de nacht nog haar vermissing melden.'
Evelien van Nederveld grijnsde.
'Hij zal wel hebben staan janken toen hij de vermissing van zijn "moessie" meldde?'
Het klonk zeer spottend.
De Cock schudde zijn hoofd.
'Nee,' antwoordde hij kalm, 'Gerard jankte niet.'
'Dat verbaast me,' sprak Evelien half lachend. 'Moeder en Gerard waren twee handen op een buik. Samen broedden zij hun plannetjes uit.'
De Cock plukte aan het puntje van zijn neus.
'Plannetjes?' vroeg hij met een zweem van achterdocht.
Evelien van Nederveld knikte nadrukkelijk.
'Volgens mij hebben zij vorig jaar samen onze vader om zeep geholpen.'
De Cock keek haar strak aan.
'Wat bedoelt u met... *om zeep geholpen*?'
Evelien van Nederveld antwoordde niet direct. Ze ademde diep. Haar prachtige boezem deinde.
'Vermoord.'

3

'Vermoord.'
De schrille kreet van Evelien van Nederveld resoneerde tegen de kale wanden van de grote recherchekamer. Toen het geluid scheen weg te ebben, herhaalde ze het opnieuw: 'Vermoord.'
Vledder blikte verschrikt op naar De Cock. De oude rechercheur streek met de pink van zijn rechterhand over de rug van zijn neus. Het was een loos gebaar om tijdwinst te krijgen.
'Dat... eh, dat... eh, dat is een ernstige beschuldiging,' reageerde hij. 'Ik neem aan dat u beseft wat u zegt?'
Evelien van Nederveld kneep haar lippen opeen.
'Dat doe ik,' sprak ze verbeten. 'Ik weet drommels goed wat ik zeg... en tegen wie.'
De Cock zwaaide in haar richting.
'Is het een bloot vermoeden... een loze gedachte... of kunt u uw beschuldiging met bewijzen staven?'
Evelien Nederveld reageerde met een schamper lachje.
'U denkt toch niet dat moeder en mijn broer Gerard mij als getuige hebben geroepen, toen zij hun sinister plan uitvoerden?'
Het klonk cynisch.
De Cock keek haar verbaasd aan.
'Uw bewering, dat uw moeder... in vruchtbare samenwerking met uw broer Gerard... uw vader heeft vermoord, moet toch ergens op gebaseerd zijn?'
Evelien van Nederveld ademde diep.
'Vader was kerngezond.'
'Ook schijnbaar kerngezonde mensen sterven wel een natuurlijke dood,' mompelde De Cock.
Evelien van Nederveld schudde heftig haar hoofd.
'Vader stierf geen natuurlijke dood,' ging ze verder. 'Absoluut niet. Vader werd door de politie uit het water van het IJ gevist. Hij zou zijn verdronken. Maar vader was niet alleen kerngezond. Hij was ook een uitstekend zwemmer, die nog trouw... minstens tweemaal in de week... in het zwembad zijn baantjes trok.'
De Cock keek haar schuins aan.
'U gelooft niet dat uw vader door verdrinking om het leven is gekomen?'

'Nee. Dat is ondenkbaar.'
'Hebt u uw vader nog gezien?'
'Wanneer?'
'Nadat hij door de politie uit het water was gehaald?'
'Ik was erg op hem gesteld.' In haar stem trilde tederheid. 'Hij was een zachtaardige man. Voor mij... een lieve vader. Ik bewonderde altijd het geduld dat hij met moeder had, wanneer ze hem teisterde en bespotte met zijn verzameling.'
'Verzameling?'
'Vader verzamelde alles,' legde ze uit. 'Zo gek kun je het niet bedenken. Hij struinde in het land alle vlooienmarkten af en kwam met de meest vreemde dingen thuis. Dat was zijn hobby... zijn liefde. Hij had een kamer vol spulletjes, die mijn moeder als "waardeloze rommel" betitelde.'
Evelien van Nederveld glimlachte. Gedompeld in herinnering glansden haar ogen.
'Misschien had ze wel gelijk,' vervolgde ze zacht. 'De kamer van vader leek wel een uitdragerij... klokken, poppen, speeldozen, dasspelden, tinnen soldaatjes... van alles en nog wat. Tussen al die "prullaria", zoals moeder het noemde, voelde vader zich gelukkig. Dat kon je aan hem zien, dat straalde hij uit. Blij als een kind met speelgoedjes...'
De Cock liet haar begaan. Hij wilde de mijmeringen van de jonge vrouw aan haar overleden vader niet abrupt onderbreken. Geduldig wachtte hij op een kleine pauze. Toen die viel, vroeg hij vriendelijk: 'Had uw vader zichtbare verwondingen?'
Evelien van Nederveld keek hem verstoord aan.
'Toen hij dood was?'
De Cock knikte geduldig.
'Dat bedoel ik.'
Evelien van Nederveld slikte.
'Vader was geen vies stinkend waterlijk toen hij werd gevonden.' Haar stem klonk snijdend. 'Zijn lichaam was niet aangetast. Hij heeft niet lang in het water gelegen.'
'Hoelang?'
Evelien van Nederveld trok haar schouders op.
'Volgens moeder niet langer dan vierentwintig uur. Hij had 's avonds tegen haar gezegd dat hij nog even een vriend en collega-verzamelaar ging bezoeken. Dat bezoek heeft hij nooit af-

gelegd. De volgende avond al werd hij door de politie uit het IJ gevist.'
De Cock trok zijn wenkbrauwen op.
'Snel,' reageerde hij verwonderd. 'Zo snel komen verdronken mensen in de regel niet boven water... zelfs niet bij warm weer.'
Evelien van Nederveld knikte.
'Dat wekte ook mijn argwaan.'
De Cock hield zijn hoofd iets schuin.
'U had onmiddellijk argwaan?'
Evelien van Nederveld knikte opnieuw.
'Ik kon niet geloven dat vader zomaar... ik bedoel, zonder een ziekbed... stierf. Dat kon ik gevoelsmatig niet accepteren.'
De Cock trok zijn gezicht in een ernstige plooi.
'Waar hebt u uw dode vader voor het eerst gezien... op de begraafplaats Westgaarde in het mortuarium?'
Evelien van Nederveld schudde haar hoofd.
'Thuis.'
'Thuis, in de Hartenstraat?'
'Ja.'
'Had de politie het lijk van uw vader niet in beslag genomen?'
'Nee.'
'Wie bracht uw vader thuis?'
'De begrafenisondernemer. Hoewel moeder en Gerard er bezwaar tegen maakten, hebben we hem toch van huis uit begraven. Dat wilde ik per se. Ik heb ook geholpen om hem een nieuwe pyjama aan te doen.'
'Geholpen... in samenwerking met wie?'
'Moeder en Gerard.'
'Die u beiden van moord verdacht?'
'Ja.'
De Cock wreef met zijn vlakke hand over zijn breed gezicht. Daarna boog hij zich naar haar toe.
'Nogmaals, had hij verwondingen?' vroeg hij scherp.
Evelien van Nederveld zuchtte.
'Aan het lichaam van vader,' antwoordde ze zacht, 'waren geen sporen van geweld zichtbaar. Ik heb erop gelet. Zijn hele lijf was gaaf.'
De Cock keek haar strak aan.

'Hoe... eh, hoe werd hij volgens u dan vermoord?'
Evelien van Nederveld snoof hoorbaar en haar blik verhardde.
'Ze hebben hem wat gegeven... verdoofd, bedwelmd... en hem toen in het water laten glijden.'

Nadat Evelien van Nederveld uit de recherchekamer was verdwenen, viel er een diepe stilte. Het was Vledder die na enige tijd het zwijgen verbrak.
'Inbeelding.'
De Cock keek hem onderzoekend aan.
'Van wie?'
'Evelien van Nederveld.'
'Jij gelooft niet dat haar vader werd vermoord?'
Vledder schudde zijn hoofd.
'Het is een idee-fixe... een dwangmatige gedachte. Evelien van Nederveld heeft de dood van haar vader, van wie ze blijkbaar zielsveel heeft gehouden, geestelijk niet kunnen verwerken. Toen is bij haar de gedachte ontstaan dat hij werd vermoord. Die gedachte is voor haar een obsessie geworden.'
De Cock schoof zijn onderlip vooruit.
'Een knappe analyse,' riep hij bewonderend. 'Je had psychiater moeten worden.'
Vledder zwaaide afwerend.
'Onzin,' reageerde hij heftig. 'Daarvoor behoef je geen psychiater te zijn. Ik heb goed op haar gelet toen ze met jou sprak. Pure emotie. Haar beschuldigingen lijken ernstig. Maar ze missen elke grond. Ze kan haar beweringen niet onderbouwen.'
De jonge rechercheur spreidde zijn armen.
'Heb jij iets gehoord van een motief?'
De Cock schudde zijn hoofd.
'Daar heb ik ook niet naar gevraagd.'
Vledder toonde verbazing.
'Waarom komt ze nu met dit verhaal... na ruim een jaar? Ze heeft voordien nooit haar vermoedens kenbaar gemaakt. Aan niemand. Op jouw vraag waarom zij niet onmiddellijk na de dood van haar vader met haar vermoedens naar de politie was gestapt, antwoordde ze dat zij destijds haar moeder en broer Gerard niet in diskrediet had willen brengen.'
'En?'

Vledder grinnikte vreugdeloos.
'Wat doet ze dan nu? Brengt ze nu met haar verhaal haar moeder en broer niet in diskrediet?'
'Moeder is dood.'
Vledder grijnsde.
'Maakt dat verschil?'
De Cock knikte traag.
'Moeder kan niet meer voor een wereldse rechter worden gedaagd.'
'Broer Gerard wel.'
'Zeker.'
Vledder strekte zijn arm naar De Cock uit.
'Je was veel te zacht, te lief,' riep hij beschuldigend. 'Je slikte haar verhaal als zoete koek.' De jonge rechercheur schudde zijn hoofd. 'Het spijt me, maar ik vind dat je Evelien van Nederveld niet scherp genoeg hebt aangepakt.'
'Moest dat?'
Vledder ademde diep.
'Waarom heb je haar niet gezegd dat het vrijwel zeker is dat haar moeder niet verdronk, maar vermoedelijk door verwurging om het leven kwam?'
De Cock plukte aan het puntje van zijn neus.
'Je moet als rechercheur je wetenschap openbaren op het moment dat je er het meeste rendement van kunt verwachten.'
Vledder snoof.
'Zo'n moment was niet nu?'
De Cock schudde zijn hoofd.
'De perikelen bij de familie Van Nederveld zijn mij nog te onduidelijk. Ik heb geen flauw idee wat ik daarvan denken moet. Het is toch te zot dat plotseling in zo'n gezin de misdadigheid losbarst.'
Vledder stak zijn kin uitdagend naar voren.
'Kan dat niet?'
De Cock kwam uit zijn stoel overeind.
'Het kan,' antwoordde hij zacht.
De oude rechercheur staarde enige tijd nadenkend voor zich uit.
'Nu Evelien van Nederveld niet naar haar dode moeder wil komen kijken,' sprak hij bedachtzaam, 'zullen we snel een ander voor de identificatie moeten vinden. Dokter Rusteloos wacht niet.'

'Een van de andere kinderen? Volgens Gerard van Nederveld waren ze met hun "vieren".'
De Cock trok een bedenkelijk gezicht.
'Ik prefereer in dit verband een niet-familielid. Dat lijkt mij veiliger. Misschien dat er in de Hartenstraat, waar ze sinds haar huwelijk heeft gewoond, nog iemand is te vinden die Alida Maria de Ruijter, weduwe van Van Nederveld goed heeft gekend.'
Vledder knikte begrijpend.
'En wat doen we met de grove beschuldiging van Evelien van Nederveld?'
De Cock gebaarde naar de telefoon.
'Informeer eens bij de Rijkspolitie te Water of er destijds bij het vinden van het lijk van de oude Van Nederveld aanwijzingen waren die een vermoeden van moord rechtvaardigden.'
Vledder keek hem niet-begrijpend aan.
'Het lijk van de oude Van Nederveld werd niet in beslag genomen. Het werd gewoon vrijgegeven voor een begrafenis van huis uit.'
De Cock trok zijn schouders iets op.
'Misschien waren de aanwijzingen te gering... niet overtuigend genoeg... koos men na ampele overwegingen in plaats van een opzettelijke levensberoving tot een dood door verdrinking... een ongeval, waaraan niemand schuld had.'
'En als dat zo is?'
De Cock maakte een verontschuldigend gebaar.
'Dan hebben wij... ondanks jouw bedenkingen... er een moord bij.'
De twee rechercheurs slenterden over het brede trottoir van het Damrak. Het was er druk. Aangelokt door het fraaie zomerweer flaneerden toeristen en dagjesmensen in schaarse kledij langs duistere speelhallen en eettenten in wisselende variaties. Sinds de vernieuwde wegindeling was het vertrouwde Damrak een speel- en vreetboulevard geworden. Vele oude, gerenommeerde zaken waren op den duur van het Damrak verdwenen. De Cock ervoer het als een gemis.
Via de Dam, wadend door een zee van koerende duiven, liepen ze via de Mozes en Äronstraat naar de Raadhuisstraat. Het was er iets rustiger.
Vledder blikte opzij.

'Wil je in de Hartenstraat buren van de familie Van Nederveld benaderen?'
De Cock trok achteloos zijn schouders op.
'Er zal daar beslist wel iemand zijn die haar goed heeft gekend.'
'En bereid is,' vroeg Vledder met een zweem van twijfel, 'om aan de identificatie van de dode mee te werken?'
'Dat is burgerplicht.'
Vledder grijnsde.
'Burgerplicht... wie kent dat nog?'
De Cock schudde zijn hoofd.
'Niet zo cynisch,' antwoordde hij afkeurend. 'Zonder hulp van de burgers is ons werk absoluut onmogelijk. Bewijsvoering door getuigen vormt nog steeds de hoeksteen van onze rechtspleging.'
Vledder bromde, maar liet het onderwerp rusten.
Kort voor de Westermarkt met zijn veel bezongen Westertoren sloften ze links de Keizersgracht op. Op de hoek van de Hartenstraat bleef De Cock staan en keek speurend om zich heen.
'We moeten nog eens zien uit te vinden waar de collega-verzamelaar woont, die de heer Van Nederveld die bewuste avond van plan was te bezoeken.'
'Voor de route?'
De oude rechercheur zweeg even.
'Jij hebt nog met de Rijkspolitie te Water gebeld?'
Vledder knikte.
'Ik had dezelfde Opper aan de lijn van vannacht. Hij heeft het proces-verbaal van onderzoek voor mij uit de administratie gehaald. Volgens dat proces-verbaal was er van een gedachte aan misdrijf geen sprake. Er is ook maar weinig onderzoek verricht. Voor de Rijkspolitie te Water was het een eenvoudige zaak.'
'Een ongeval.'
Vledder knikte.
'De heer Van Nederveld werd gevonden met de gulp van zijn pantalon open. De conclusie in het proces-verbaal luidde dat hij ergens aan de kant van een gracht had staan plassen en toen in het water terecht was gekomen en verdronken.'
De Cock keek hem onderzoekend aan.
'Waardoor kwam hij zo snel aan de oppervlakte?'
Vledder lachte.

'Een paar halfdronken studenten waren op een zwoele zomeravond met een oude pieremachochel aan het roeien. Een van hen vond in de boot die ze die dag hadden gehuurd, een dreg, wierp die uit balorigheid in het water en viste tot zijn schrik een lijk op. Hij was op slag nuchter.'
'De dode Van Nederveld.'
Vledder knikte.
'Diezelfde student klauterde vanuit de pieremachochel de wal op en belde vanuit een café in de Haarlemmerstraat de politie van bureau Warmoesstraat. Die gaf het bericht door aan de Rijkspolitie te Water.'
De Cock fronste zijn wenkbrauwen.
'Waarom gaf die het bericht door aan de Rijkspolitie te Water?'
'Het was hun gebied.'
'Waar werd het lijk dan opgehaald?'
Vledder ademde diep.
'In het water van het open havenfront bij de Westelijke Doorgang.'
De Cock keek zijn jonge collega verschrikt aan.
'Dat is... eh, dat is,' stotterde hij, 'vrijwel dezelfde plek waar Alida Maria de Ruijter, de weduwe van Van Nederveld uit het water werd gehaald.'

4

De rechercheurs liepen vanaf de Keizersgracht de Hartenstraat in. Het was er gezellig druk. De Cock liet zijn blik langs de geveltjes dwalen. Zijn oog bleef rusten op een raam, waarop in forse kapitalen PIZZERIA – RISTORANTE – PASTA DI MAMA – geschreven stond.
De oude rechercheur aarzelde even. Toen stak hij de straat over en schuifelde naar de toegangsdeur van de kleine eetgelegenheid.
Vledder liep hem na.
'Ga je een pizza eten,' vroeg hij verbaasd. 'Op dit uur?'
De Cock draaide zich half om.
'Die tent bestaat hier al jaren. Het was een van de eerste pizzeria's in de stad.'
Vledder grinnikte.
'Heb jij er wel eens een pizza gegeten?'
De Cock antwoordde niet. Zonder een verder commentaar af te wachten, stapte hij naar binnen.
Vledder volgde.
Een jonge man met een rond, bol gezicht, lang blauwzwart haar en een lichte olijfkleurige huid liep glimlachend en handenwrijvend op hen toe. Het witte kokspak dat hij droeg, was smetteloos.
'Waarmee kan ik de heren van dienst zijn?' riep hij opgewekt.
De grijze speurder lichtte beleefd zijn hoedje.
'Mijn naam is De Cock,' sprak hij vriendelijk. 'De Cock met ceeooceekaa.' Hij duimde opzij. 'En dat is mijn collega Vledder. Wij zijn rechercheurs van het politiebureau aan de Warmoesstraat.'
Hij boog zich iets naar de jongeman toe.
'Wie bent u?'
De lach op het gezicht van de jongeman vergleed.
'Ik... eh, ik ben Luigi... Luigi Bonardi.' Hij keek van De Cock naar Vledder en weer terug. 'Wat doen rechercheurs in mijn zaak?'
In zijn stem trilde argwaan.
De Cock glimlachte ontwapenend.

'U spreekt accentloos Nederlands,' sprak hij prijzend.
'Is dat vreemd?' vroeg Luigi met lichte spot. 'Ik ben Nederlander... heb een Nederlands paspoort. Ik ben hier geboren... ging hier naar school. Ik behoor tot de vierde generatie Bonardi's in Nederland. Mijn overgrootvader kwam al ver voor de Tweede Wereldoorlog vanuit Milaan naar Amsterdam om ijs te maken. De Amsterdammers waren verzot op ons Italiaanse ijs.'
De Cock knikte instemmend.
'Ik weet het. Gamba, het Italiaanse ijspaleis in de Reguliersbreestraat tegenover theater Tuschinski, was jarenlang een begrip.'
Luigi Bonardi vervolgde: 'Nu zijn ze hier in Amsterdam gek op onze pizza's... dus maak ik geen ijs, maar bak ik pizza's. U... eh, u wilt een pizza?'
De Cock schudde lachend zijn hoofd. Daarna bracht hij zijn gezicht in een ernstige plooi.
'Vannacht heeft de Rijkspolitie te Water het lichaam van mevrouw Van Nederveld geborgen. Mevrouw Van Nederveld heeft hier in de Hartenstraat gewoond.'
De jonge man keek hem verschrikt aan.
'Verdronken?'
'Dat vermoeden wij,' antwoordde De Cock leugenachtig.
De jongeman zuchtte diep.
'Net als haar man... een jaar geleden.'
'U kent de familie Van Nederveld?'
Luigi Bonardi knikte nadrukkelijk.
'Vooral de oude heer Van Nederveld heb ik goed gekend. Hij kwam hier wel eens een pizza eten. Vooral als hij ruzie had met zijn vrouw en zij weigerde om wat voor hem klaar te maken.'
De Cock keek hem quasi verwonderd aan.
'Gebeurde dat wel eens?'
De jongeman knikte opnieuw.
'Herhaaldelijk. Zeker eenmaal in de week. Zij was een helleveeg. Erg dominant. Volgens mij is hij vorig jaar uit ellende het water in gelopen.'
De Cock fronste zijn wenkbrauwen.
'Zelfmoord?'
Het gezicht van de jongeman versomberde.

'Ik ben ervan overtuigd dat hij er zelf een eind aan heeft gemaakt.'
'Waarom?'
'Die man had toch geen leven bij die vrouw,' riep Luigi nu geemotioneerd. 'Een paar dagen voordat hij uit het water werd gevist, zat hij daar.'
Hij wees naar een smalle tafel met een Desso-kleedje bij het raam.
'Een beetje verloren... verdrietig. Ik had medelijden met hem. Toen ik hem zijn pizza bracht, vroeg ik: "Is het weer zover?" Hij keek mij mistroostig aan en zei: "Ik hoop dat de dood mij van die vrouw verlost." '
De Cock streek met zijn hand over zijn kin.
'Ik hoop,' herhaalde hij langzaam, 'dat de dood mij van die vrouw verlost.'
Luigi Bonardi knikte.
'Dat zei hij.' De jongeman zweeg even. 'Ik denk ook niet dat die laatste pizza hem heeft gesmaakt.'
De Cock nam een kleine pauze.
'We... eh, we hebben,' sprak hij aarzelend, 'vanmiddag iemand nodig om haar te identificeren. Dat schrijft de wet ons voor.'
'Mevrouw Van Nederveld?'
De Cock knikte.
'Zou u bereid zijn om...'
De jongeman gaf de oude rechercheur geen gelegenheid om zijn vraag te voltooien.
'Ik niet,' sprak hij hoofdschuddend, 'het is bijna lunchtijd. Ik kan hier absoluut niet weg. Ik heb vaste klanten.'
'Jammer.'
'Misschien wil moeder het doen.'
'Kent uw moeder haar?'
Luigi Bonardi knikte.
'Ze was niet haar hartsvriendin, maar ze sprak wel eens met mevrouw Van Nederveld... vertrouwelijk... zoals vrouwen dat doen onder elkaar.'

De dode Alida Maria de Ruijter, weduwe van Douwe van Nederveld, was door de broeders van de Geneeskundige Dienst in afwachting van de komst van dokter Rusteloos al op de snijtafel

van het sectielokaal gelegd. Haar naakte lichaam was tot haar hals met een schoon wit laken vol diepe strijkvouwen bedekt. Daarboven stak haar smal, wasbleek gezicht met rond haar gesloten ogen en mond een krans van kleine rimpels. Met haar lange zilvergrijze haar als een waaier om haar hoofd, bood haar verstilde gelaat een serene aanblik.
Met licht gebogen hoofd, zijn oude hoedje in zijn hand, stond De Cock tegen de witbetegelde wand van het sectielokaal. Hij had de officiële confrontatie aan Vledder overgedragen.
De jonge rechercheur kwam met Gerard van Nederveld aan zijn rechterzijde en mevrouw Bonardi aan zijn linkerzijde in een trage pas naderbij. Op een meter afstand van de snijtafel bleef hij staan. Zoals gebruikelijk wachtte hij enige minuten om de getuigen de gelegenheid te geven de dode goed in zich op te nemen. Daarna richtte hij het woord tot Gerard van Nederveld: 'Herkent u deze vrouw?' vroeg hij formeel.
De Cock lette scherp op de reactie van de man. Gerard van Nederveld droeg hetzelfde lichtbruine kostuum van ruige wol als in de nacht toen hij aan de Warmoesstraat de vermissing van zijn moeder meldde. Zijn lang ovaal gezicht zag bleek. De blik uit zijn bruine ogen was strak op de dode gericht. De vraag van Vledder scheen hem niet te bereiken. Trillend reikte zijn rechterhand naar het gelaat van de dode vrouw.
'Moeder... moeder.'
De Cock sloot even zijn ogen. De rauwe hartenkreet van de man deed hem pijn. Ook mevrouw Bonardi scheen door de kreet ontroerd. Haar lippen trilden en tranen gleden over haar volle wangen.
Vledder beheerste de situatie volkomen. Hij vatte Gerard van Nederveld bij de arm. 'Herkent u deze vrouw?' herhaalde hij dwingender.
Gerard van Nederveld knikte met een strak gezicht.
'Dat is mijn moeder,' antwoordde hij kalm en duidelijk, 'Alida Maria van Nederveld, de vrouw van wie ik u gisteren de vermissing heb gemeld.'
De Cock beluisterde de gedragen toon waarop de man sprak en in zijn hart kroop argwaan. Gerard van Nederveld had zijn emoties van verdriet weer in bedwang. De oude rechercheur bedacht dat die beheersing de man weinig tijd en moeite had gekost.

Te weinig.
Mevrouw Bonardi huilde nog steeds. Ze had moeite om Vledder duidelijk te maken dat zij in de dode mevrouw Van Nederveld herkende.
Toen De Cock meende dat aan de wettelijk verplichte herkenning ruimschoots was voldaan, gaf hij Vledder een teken. De jonge rechercheur draaide zich om en leidde de getuigen met lichte drang het sectielokaal uit.
Toen ze het lokaal hadden verlaten, liep De Cock op de dode toe en schoof het laken iets terug. Aandachtig bekeek hij de hals en vroeg zich af waarop dokter Den Koninghe zijn vermoeden van gebroken kraakbeenringetjes had gebaseerd. Voorzover hij kon waarnemen waren er aan de hals van de dode geen sporen van verwurging. Maar de grijze speurder kende dokter Den Koninghe al tientallen jaren en wist dat de excentrieke lijkschouwer zich zelden vergiste.

De Cock zat wat onwennig achter het stuur van de politie-Golf. Na een kort onderhoud met Gerard van Nederveld, waarbij hij hem condoleerde met het verlies van zijn moeder en hem uitlegde waarom mevrouw Bonardi bij de identificatie aanwezig was, had hij hem buiten naar zijn wagen begeleid en afscheid genomen.
Voor het bijwonen van de gerechtelijke sectie door dokter Rusteloos had hij Vledder op Westgaarde achtergelaten.
Met de mollige mevrouw Bonardi naast zich reed De Cock terug naar de binnenstad. Het drukke verkeer benauwde hem. Om hem heen toeterden woedende automobilisten en wezen met niet mis te verstane gebaren op zijn afwijkend rijgedrag.
De Cock hield niet van autorijden. Voortdurend tastte hij naar de verkeerde versnelling.
Het motorisch verkeer was hem een gruwel. Naar zijn gevoel was hij minstens een eeuw te laat geboren. Met zijn puriteinse ziel hoorde hij thuis in de tijd van de trekschuit en de diligence. Hij hield van rust, van het behoud van vaste normen en waarden en van een soort milde burgerlijke deftigheid.
De moderne tijd was hem te hectisch, te koortsachtig, te gewelddadig en te wild. De mensen leefden naar zijn gevoel te gehaast, te snel, te dynamisch. Er was geen ruimte en tijd meer

voor bezinning, voor doorwrochte liefde en geloof, voor oprechte eerbied en respect voor de medemens. Ook het zacht en blij proeven van de zoete geneugten van het leven ging, zo meende hij, in het moderne bestaanstumult verloren.
Toen hij uiteindelijk zonder brokken de Hartenstraat had bereikt, slaakte hij een zucht van verlichting. Hij blikte opzij.
'Het doet mij deugd,' sprak hij vermoeid, 'dat ik u heel en goed heb kunnen thuisbrengen. Er waren momenten dat ik daaraan twijfelde.'
Mevrouw Bonardi schonk hem een glimlach. Haar tranen hadden haar make-up iets verveegd, maar verder zag ze er stralend uit.
'U rijdt fantastisch.'
De Cock lachte om de pertinente leugen.
'Ik ben blij,' sprak hij vriendelijk, 'dat u hebt willen meewerken. Evelien, de dochter van mevrouw Van Nederveld weigerde. Zij wilde haar dode moeder niet zien.'
Mevrouw Bonardi knikte voor zich uit.
'Dat begrijp ik,' sprak ze zacht. 'Er was een slechte verstandhouding tussen moeder en dochter.'
'Hoe kwam dat?'
Mevrouw Bonardi trok haar schouders iets op.
'Het gezin Van Nederveld bestond in feite uit drie blokken,' legde ze uit. 'Dochter Evelien was erg aan haar vader gehecht en zoon Gerard aan zijn moeder. Maurice en Marcel, de tweeling, hadden alleen belangstelling voor elkaar.'
De Cock knikte begrijpend.
'U kon goed met mevrouw Van Nederveld overweg?'
Over het ronde gelaat van mevrouw Bonardi gleed een glimlach van vertedering.
'Ik mocht haar wel. Ik weet niet wat mijn zoon Luigi over haar heeft verteld.'
De Cock grinnikte.
'Hij noemde haar een helleveeg en achtte haar verantwoordelijk voor de dood van haar man een jaar geleden.'
Mevrouw Bonardi schudde haar hoofd.
'Luigi, mijn zoon, kent maar één kant van de medaille. Hij had medelijden met de oude heer. Van Nederveld was een beminnelijk mens. Ik geef dat toe. Maar hij hield totaal geen rekening met zijn gezin.'

'In welk opzicht?'
Mevrouw Bonardi reageerde emotioneel.
'Wanneer zij zo nu en dan geen rem op zijn uitgaven zette, spendeerde hij al zijn geld aan zijn verzamelwoede. Het is aan de wilskracht van mevrouw Van Nederveld te danken dat zij haar kinderen heeft kunnen laten studeren. Voor dergelijke zaken had haar man geen enkele belangstelling.'
De Cock keek haar aan.
'Het was geen goed huwelijk?'
Mevrouw Bonardi zuchtte.
'Mevrouw Van Nederveld was een gelovige vrouw. Volgens haar was het huwelijk een soort heilig verbond... tot de dood ons scheidt.'
'Heeft de dood van de heer Van Nederveld u destijds verrast?'
Mevrouw Bonardi maakte een verontschuldigend gebaar.
'Ik heb daar nooit zo bij nagedacht. Volgens mijn zoon Luigi had hij wel buien van neerslachtigheid.'
'U sprak nooit met hem?'
Mevrouw Bonardi schudde haar hoofd.
'Hij meed mij. Ik denk dat hij mij als een aanhangster van zijn vrouw zag.'
De Cock glimlachte. Hij schoof de mouw van zijn oude regenjas iets terug en keek op zijn horloge.
'Ik moet terug naar Westgaarde. Ik heb mijn jonge collega beloofd dat ik hem na de sectie zou ophalen.'
De oude rechercheur boog zich vertrouwelijk naar haar toe.
'Mag ik nog eens met u babbelen, wanneer mijn onderzoek wat verder is gevorderd?'
Mevrouw Bonardi keek hem aan. Haar gezicht stond strak.
'Werd ze vermoord?'
De Cock fronste zijn wenkbrauwen.
'Waarom vraagt u dat?'
Mevrouw Bonardi liet haar hoofd iets zakken.
'Ze was er bang voor.'

Ze reden terug van de begraafplaats Westgaarde. De Cock liet zich in de Golf behaaglijk onderuitzakken. Hij keek schuin omhoog naar Vledder.
'Ik ben blij dat jij weer achter het stuur zit. Als ik met dit vehi-

kel nog een rit door de stad had moeten maken, kon ik op zoek gaan naar een psychiater voor een minderwaardigheidscomplex.'
'Hoezo?'
'Als ik achter het stuur zit schijnt eenieder aan mijn verstandelijke vermogens te twijfelen. Ze wijzen naar hun voorhoofd.'
Vledder lachte.
'Wat heb je dan allemaal gedaan?'
'Ik heb eerst mevrouw Bonardi thuisgebracht en daarna ben ik naar de Rijkspolitie te Water gereden.'
Vledder keek hem verrast aan.
'Wat moest je daar doen?'
'Ik heb het proces-verbaal van de dood van Douwe van Nederveld opgevraagd en doorgenomen.'
Vledder reageerde geprikkeld.
'Waarom? Dat heb ik vanmorgen toch al met Opper Vermeulen afgehandeld.' Hij keek zijn oudere collega wantrouwend aan. 'Hecht je toch waarde aan het vermoeden van dochter Evelien?'
De Cock negeerde de vraag.
'Ik wilde weten of de rechercheur die de zaak destijds behandelde, zijn werk goed had gedaan.'
'En?'
De Cock glimlachte.
'Hij heeft inderdaad... zo ik hoopte... de collega-verzamelaar benaderd, die de heer Van Nederveld die avond zou bezoeken. Het is ene Peter van der Zwaard, destijds wonende aan de Singel bij de Jeroenensteeg. Hij bevestigde in zijn verklaring dat hij die avond om tien uur een afspraak met de heer Van Nederveld had... een afspraak die niet werd nagekomen.'
Vledder haalde nonchalant zijn schouders op.
'Wat wil je ermee?'
De Cock keek hem verrast aan.
'Begrijp je dan niet dat dit belangrijk kan zijn?'
'Je bedoelt voor de route die de heer Van Nederveld die avond liep?'
'Dat niet alleen.'
'Wat nog meer?'
'Denk eens na?'
Vledder schudde zijn hoofd.

'Voor mij is er niets meer,' sprak hij geprikkeld. 'De heer Van Nederveld is zijn afspraak niet nagekomen, omdat hij zich had verzopen.'
De Cock keek hem bestraffend aan.
'Kun je je niet wat netter uitdrukken. Bovendien ben ik van die zelfmoord nog lang niet overtuigd.'
Vledder liet het stuur van de Golf even met beide handen los en maakte een wanhopig gebaar.
'Zijn gulp stond open,' riep hij vertwijfeld. 'Van Nederveld heeft aan de kant van de gracht staan plassen en is in het water gevallen.'
De Cock glimlachte.
'Dat is toch met elkaar in tegenspraak.'
'Wat?'
De Cock wreef met zijn vlakke hand over zijn breed gezicht. Het ergerde hem dat zijn jonge collega de tegenstelling niet onmiddellijk begreep.
'Wanneer iemand,' sprak hij geduldig, 'aan de wallekant staat te plassen en hij valt daarbij in het water... wat bij dronken slachtoffers nog wel eens wil gebeuren... dan is dat een ongeval. Bij een zelfmoord door verdrinking is het te water gaan een bewuste keus... daarvoor behoef je niet van tevoren je gulp open te maken.'
'Jij gelooft niet in zelfmoord?'
De Cock schudde zijn hoofd.
'Het proces-verbaal van de Rijkspolitie te Water gaat uit van een ongeval, maar uit niets blijkt dat de heer Van Nederveld die bewuste avond dronken was.'
'Jij gelooft ook niet aan een ongeval?'
De Cock plukte aan het puntje van zijn neus.
'Men kan bij een bewusteloze man zijn gulp open maken voor men hem in het water laat zakken, waarbij de indruk wordt gewekt dat de man het slachtoffer is geworden van een ongeval.'
'Camouflage voor een moord?'
De Cock knikte traag.
'Inderdaad... camouflage voor moord.'

5

Vledder parkeerde de Golf op de houten steiger achter het politiebureau. De rechercheurs stapten uit en slenterden naar de Oudebrugsteeg. Op de hoek van de Warmoesstraat bleef De Cock even besluiteloos staan. Links van hem was het politiebureau en voor hem lag de Lange Niezel. Hij koos voor de Lange Niezel.
Vledder liep hem na en grijnsde breed.
'Ik weet wat er met jou aan de hand is.'
'Nou?'
'Jouw droge keel dorst naar een cognackie.'
De Cock lachte.
'Hoe kun je het raden.'
Aan het einde van de Lange Niezel liepen ze rechts de Voorburgwal op en bereikten via de Oude Kennissteeg de Achterburgwal. Er zaten wel enkele hoertjes en er liepen hunkerende mannen, maar de sex-business was nog niet in vol bedrijf.
De Cock blikte opzij.
'Hoe was de sectie?'
Vledder grinnikte.
'Dokter Rusteloos hield het tempo hoog. Dit was mijn tweeënvijftigste sectie. Ik heb hem nog nooit zo snel zien werken.'
De Cock reageerde niet direct. De oude rechercheur lichtte beleefd zijn hoedje voor een belegen prostituee, die met een zware boodschappentas aan haar arm groetend aan hem voorbij trok. Daarna wendde hij zich weer tot Vledder.
'Ik heb na de identificatie in het sectielokaal op Westgaarde nog even naar de hals van mevrouw Van Nederveld gekeken. Het zag er gaaf uit. Ik kon geen afdrukken van een wurggreep ontdekken. Waren er gebroken kraakbeenringetjes?'
Vledder knikte met een ernstig gezicht.
'Dokter Rusteloos heeft mij er een paar laten zien. Ze werd zonder enige twijfel vermoord.'
'Gewurgd?'
'Vermoedelijk met een sjaal.'

Op de hoek van de Achterburgwal en de Barndesteeg schoven

de rechercheurs via een zwaar bruin gordijn met lederen grepen het café binnen. In het schemerig intieme lokaaltje, door Smalle Lowietje vol trots zijn 'etablissement' genoemd, zochten ze achterin een plekje aan de bar.
Lowie, wegens zijn geringe borstomvang in penozekringen steevast Smalle Lowietje genoemd, begroette de beide rechercheurs uitbundig.
'Zo, zo,' kirde hij handenwrijvend, 'ik ben blij dat ik jullie weer zie.' Hij blikte naar De Cock op. Zijn spichtig muizensmoeltje glom van genegenheid.
'Alles goed? Je bent zo lang weggebleven. Ik was bang dat er iets met je was gebeurd. Ik heb zelfs op het punt gestaan om naar de kit te komen.'
De Cock grinnikte.
'Om schoon schip te maken?'
Smalle Lowietje trok zijn gezicht in plooien van verontwaardiging.
'Welk schip zou ik schoon moeten maken? Ik heb niets te bekennen.' Hij tikte met de toppen van zijn vingers tegen zijn borst. 'Je kunt het zo niet zien, maar hier van binnen huist een zuiver geweten.'
De Cock lachte.
'Een zuiver geweten,' herhaalde hij smalend. 'Dat noem ik lef. Je hebt in je jonge leven bijna alles gedaan wat ons Wetboek van Strafrecht en God in al Zijn wijsheid heeft verboden.'
Smalle Lowietje glimlachte.
'Dat deed ik in mijn onschuld.'
'En van je onschuld kocht je dit etablissement,' antwoordde De Cock.
Lowietje knikte instemmend.
'Precies. Ik zocht op de Wallen een plek, waar ik voor jou een cognackie kon inschenken.'
De Cock schudde zijn hoofd en grinnikte.
'Lowie,' sprak hij vertederd, 'ik hou van je.'
De tengere caféhouder lachte bevrijd. Hij streek met zijn handjes langs zijn morsig vest.
'Hetzelfde recept?'
Zonder op antwoord te wachten, dook hij aalglad onder de tapkast en kwam boven met een fles pure Franse cognac Napoleon,

die hij speciaal voor de oude rechercheur gereserveerd hield. Met een liefdevol gebaar beroerde hij het etiket, zette diepbolle glazen op de bar en schonk behoedzaam in.
De Cock keek glimlachend toe. Hij hield van die momenten. Hij nam het glas op, schommelde het zachtjes in de hand en snoof. Op zijn breed gezicht vol groeven verscheen een glans van opperste verrukking. Omzichtig nam hij een slok en liet het vocht genietend langs zijn dorstige keel glijden.
Hij zette zijn glas neer en leunde wat voorover.
'Weet jij iets van verzamelen?'
Smalle Lowietje keek hem ondeugend aan.
'Mooie hoertjes in een bordeel?'
De Cock zwaaide afwerend.
'Bierviltjes,' riep hij corrigerend, 'bieretiketten, voetbalplaatjes, sigarenbandjes, vulpennen, inktpotjes, parfumflesjes. Noem maar op. Er wordt van alles verzameld.'
Smalle Lowietje gromde.
'Ik behoor niet tot die idioten en ik heb ze ook niet in mijn familie.'
De Cock schudde zijn hoofd.
'Verzamelaars zijn geen idioten,' reageerde hij geprikkeld. 'Verzamelen... van wat dan ook... is een serieuze bezigheid. Sommigen zijn ervan bezeten. Mijn oudoom heeft zijn hele leven lang postzegels verzameld. Het was ontroerend om te zien met hoeveel liefde en toewijding hij die kleine gekartelde velletjes papier behandelde.'
Smalle Lowietje snoof.
'Ik kan er de gein niet van inzien.'
De Cock liet het onderwerp rusten. Hij pakte zijn glas op en dronk het leeg.
'Schenk nog eens in.'
Smalle Lowietje gehoorzaamde met de welwillendheid van een heuse kastelein. Hij grinnikte.
'Ik zal die fles wegzetten. Dat spul is voor mijn andere cliëntèle niet geschikt.' De tengere caféhouder bracht zijn muizensmoeltje in een ernstige plooi. 'Is het druk aan de kit?'
De Cock knikte.
'Misdaad kent geen malaise.' De grijze speurder duimde opzij naar Vledder. 'We zijn nu bezig met een oudere vrouw die uit

het water van het open havenfront is gevist... vrijwel op dezelfde plek waar vorig jaar het lichaam van haar man uit het water werd gehaald.'
Smalle Lowietje fronste zijn wenkbrauwen.
'Toeval?'
De Cock trok een grijns.
'Van de vrouw weten we zeker dat ze werd vermoord.'
'En de man?'
De Cock spreidde zijn beide handen.
'Dat is nog dubieus. Aanvankelijk werd aan een ongeval gedacht. Hij zou aan de wallekant hebben staan pissen en in het water zijn gevallen.'
'En dat geloof jij niet?'
De Cock blikte verholen naar Vledder.
'Ik heb zo mijn twijfels. Hij was 's avonds op weg naar een collega-verzamelaar aan de Singel, een zekere Peter van der Zwaard.'
Het gezicht van Smalle Lowietje betrok.
'Wie?'
De Cock hield zijn hoofd iets schuin.
'Peter van der Zwaard... zegt die naam jou iets?'
Smalle Lowietje antwoordde niet direct. Hij keek schichtig langs de beide rechercheurs naar de andere aanwezigen in zijn etablissement. Daarna boog hij zich iets naar voren.
'Een gluiperd.'
'In welk opzicht?'
Smalle Lowietje aarzelde, hij had zichtbaar moeite met zijn ontboezeming.
'Een heler... een smerige heler... niet vies van een rip-deal.* Het verbaast mij dat nog nooit iemand hem een paar kogels door zijn lijf heeft gejaagd.'
'Zo erg?'
Smalle Lowietje knikte nadrukkelijk.
'Ik ken wel een paar jongens uit de penoze die door die Peter van der Zwaard zijn belazerd en nu een paar jaar lik voor hem overhebben.'

* Van het Bargoens 'rippen': iemand bedriegen of beroven, van wie men weet dat hij of zij geen aangifte zal doen, omdat de benadeelde geld en/of goederen zelf niet eerlijk heeft verkregen. Oorzaak van vele liquidatie-moorden.

’Stuur er eens een naar mij toe.’
Smalle Lowietje grijnsde.
’Ze hebben allen boter op hun hoofd.’
De Cock keek hem onbewogen aan.
’Dat zal bij mij niet smelten.’
Smalle Lowietje lachte.
’Ik zal eens kijken wat ik voor je doen kan.’
De Cock nam zijn glas op en nipte aan zijn cognac.
’Wat doet,’ mijmerde hij, ’een eerzame verzamelaar op bezoek bij een man als Peter van der Zwaard?’
Smalle Lowietje grinnikte.
’Dat moet je die eerzame verzamelaar vragen.’
De Cock knikte traag voor zich uit.
’Die is dood.’

Toen de rechercheurs het café van Smalle Lowietje verlieten was het al druk op de Wallen. Een gemêleerd leger van behoeftigen trok in trage tred langs etalages met lonkende hoertjes in een barmhartige roze belichting.
De Cock schoof de mouw van zijn regenjas iets terug en keek op zijn horloge. ’Het is net zeven uur.’ In zijn stem trilde verbazing. ’De parade begint vandaag al vroeg.’
Vledder glimlachte.
’Het komt door het zwoele weer van de laatste dagen. Dat maakt de mannen hongerig.’
’Je bedoelt hitsig.’
Vledder lachte.
’Ik hou het netjes.’
De Cock zwaaide om zich heen.
’Het lijkt of het seksbedrijf nog jaarlijks groeit. Er komen steeds meer hoerententen bij. Toen ik aan de Warmoesstraat begon zat zo hier en daar een hoertje. Verder waren de huizen gewoon bewoond.’
Vledder snoof. De jonge rechercheur ergerde zich wanneer zijn oudere collega nostalgie bedreef.
’Toen jij aan de Warmoesstraat begon,’ reageerde hij fel, ’had men van junks nooit gehoord en vreemdelingen waren toeristen.’
De Cock knikte.

'En de misdaad stond op een laag pitje.'
Vledder reageerde niet. De jonge rechercheur leek na zijn felle reactie in gepeins verzonken. Na enige tijd blikte hij opzij.
'Wat doen we met die Peter van der Zwaard?'
De Cock trok zijn schouders op.
'Als Smalle Lowietje gelijk heeft, dan heeft hij beslist antecedenten. Je moet hem straks maar eens opvragen.'
Vledder knikte.
'Zie jij een verband?'
'Waarmee?'
'De dood van de heer Van Nederveld?'
'Zie jij een verband?' kaatste De Cock terug.
'Niet direct.'
De Cock trok een ernstig gezicht.
'Peter van der Zwaard woont perfect.'
'Hoezo?'
De Cock grijnsde.
'Singel bij de Jeroenensteeg. Een ideale plek om heel stiekem een lijk in het water te laten glijden.'
Vledder keek hem met grote ogen aan.
'Je hebt gelijk,' riep hij verrast. 'Het water van de Singel heeft een directe verbinding met het open havenfront en de Westelijke Doorgang.'
De Cock knikte.
'De plek,' sprak hij somber, 'waar de lijken van de heer en mevrouw Van Nederveld werden opgevist.'

Vledder legde de hoorn op het toestel terug. Met op zijn gezicht een trek van verbazing keek hij naar De Cock op.
'Hij heeft geen antecedenten.'
'Peter van der Zwaard?'
Vledder knikte.
'Hij komt in onze administratie niet voor. Er zijn geen vingerafdrukken en geen foto's van hem in het bestand.'
De Cock plukte aan zijn onderlip.
'Zou Smalle Lowietje zich vergissen... een ander op het oog hebben?'
Vledder haalde zijn schouders op.
'Misschien is die Peter van der Zwaard zo handig en slim dat hij

al die jaren uit handen van politie en justitie is gebleven.'
De Cock steunde zijn ellebogen op zijn bureau en legde zijn kin in het kommetje van zijn handen.
'We kunnen moeilijk naar hem toe stappen,' sprak hij vermoeid, 'en vragen of hij vorig jaar de heer Van Nederveld heeft vermoord.'
Vledder grinnikte.
'Als hij de man is, zoals Smalle Lowietje hem schetst, dan ken ik het antwoord al.'
De Cock kneep even zijn beide ogen dicht.
'Het ellendige is,' verzuchtte hij, 'dat ik geen benul heb van het motief. Waarom moest de heer Van Nederveld sterven en waarom had de vermoorde mevrouw Van Nederveld in haar mantelzak een briefje met daarop mijn naam. Wat had ze mij willen vertellen?'
Vledder leunde in zijn stoel achterover.
'Waarom hebben wij samen nooit eens,' sprak hij hoofdschuddend, 'een aardige simpele moord, waarbij de dader zich op een presenteerblaadje aandient? Bij ons is het altijd...'
De jonge rechercheur stokte. Er werd op de deur van de recherchekamer geklopt. De Cock keek op. De grillige accolades om zijn mond dansten vrolijk en zijn ogen schitterden. 'Het presenteerblaadje?'
Vledder lachte niet. Hij hield zijn blik op de deur gericht en riep: 'Binnen.'
De deur gleed langzaam open en in de deuropening verscheen een goed gebouwde jongeman. Hij had donkerblond krullend haar en lichtgroene, bijna oplichtende ogen. De Cock schatte hem op voor in de dertig. Luchtig gekleed in een spijkerbroek met daarop een groen, slobberig jack, liep hij op witte joggingschoenen naar de oude rechercheur. Om zijn mond, boven een krachtige kin, gleed een glimlach.
'U bent rechercheur De Cock?'
De grijze speurder knikte.
'Met... eh, met ceeooceekaa,' reageerde hij automatisch. 'Waarmee kan ik u van dienst zijn?'
De jongeman gebaarde achter zich.
'Ik hoorde van Evelien dat moeder is verdronken.'
De Cock fronste zijn wenkbrauwen.

'Evelien is uw zuster?'
'Ja.'
De Cock wees naar de stoel naast zijn bureau.
'Gaat u zitten en zeg mij wie u bent.'
De jongeman stak hem zijn hand toe.
'Ik ben Maurice... Maurice van Nederveld.' Hij nam plaats. 'Ik had gedacht dat de politie mij wel zou berichten.'
De Cock trok een strak gezicht.
'Wij hebben uw broer Gerard bericht en hij heeft uw zuster Evelien op de hoogte gebracht. Het is niet gebruikelijk dat wij alle familieleden van een slachtoffer benaderen.'
Maurice van Nederveld zuchtte.
'Marcel en ik zijn er wel van geschrokken.'
'Marcel is uw broer?'
Maurice van Nederveld knikte.
'Wij zijn een tweeling.'
'Lijken jullie op elkaar?'
Maurice van Nederveld glimlachte.
'Als twee druppels water.'
De Cock nam een kleine pauze.
'De... eh, de dood van uw moeder,' sprak hij aarzelend, 'kwam als een verrassing?'
Over de wang van Maurice van Nederveld zwiepte een zenuwtrek. 'Dat mag u wel zeggen,' beaamde hij. 'Vorig jaar verdronk plotseling onze vader. En nu moeder. Het begint op een familiekwaal te lijken.'
'Komt zelfmoord in de familie voor?'
'Als kwaal?'
De Cock glimlachte.
'Ik weet niet of men dat een kwaal kan noemen, maar in sommige families openbaart zich veelvuldig een manisch depressief gedrag.'
Maurice van Nederveld trok zijn schouders op.
'Daar heb ik bij ons in de familie nooit iets van gemerkt. Vader en moeder vormden weliswaar geen harmonisch paar, maar zij waren beiden gelijkmoedig en nuchter van aard.'
'Niet "Himmelhoch jauchzend, zum Tode betrübt"?'
'Zeker niet.'
De Cock gebaarde in zijn richting.

'Hoe... eh, hoe hebt u het "verdrinken" van uw vader destijds ervaren?'
'Hoe bedoelt u... emotioneel?'
De Cock schudde zijn hoofd.
'Wat zag u als de oorzaak van zijn dood?'
'Een ongeval.'
De Cock boog zich iets naar voren.
'Uw zuster Evelien heeft daar andere gedachten over.'
Maurice grijnsde.
'Evelien had een hekel aan moeder en adoreerde vader.'
De Cock trok zijn gezicht strak. 'Ze sprak van moord.'
Maurice van Nederveld maakte een afwerend gebaar.
'Evelien heeft er wel eens toespelingen op gemaakt dat moeder verantwoordelijk was voor de dood van vader.'
'Hoe?'
Maurice verschoof iets op zijn stoel.
'Moeder zou onze vader tot wanhoop hebben gedreven... zodat hem niets anders overbleef dan vrijwillig in het water te lopen.'
'Zelfmoord?'
'Ja.'
'Geen moord?'
Maurice keek hulpeloos om zich heen.
'Daar was moeder toch niet toe in staat,' riep hij geëmotioneerd. 'Als zij ten opzichte van vader moordplannen had, dan had zij dat toch al veel eerder gedaan. Ze leefden al jaren in onmin. Ik denk dat moeder alleen ter wille van ons... voor de kinderen... bij hem is gebleven.'
De Cock wreef met zijn vlakke hand over zijn breed gezicht. Daarna pauzeerde hij een paar seconden.
'Van... eh, van uw vader,' sprak hij plechtig, 'weten we het niet zeker, maar uw moeder kwam door misdrijf om het leven.'
'Misdrijf?'
De Cock knikte. 'Ze werd gewurgd.'
Maurice van Nederveld slikte. Zijn adamsappel danste op en neer. Hij zag plotseling bleek en de blik uit zijn helgroene ogen verstarde.
'Gerard.'
Het klonk als een vloek.

6

De Cock keek de jongeman voor zich onderzoekend aan.
'Wat is er met Gerard?'
Maurice van Nederveld zuchtte diep.
'Moeder was bang voor Gerard.'
'In welk opzicht?'
'Ze was bang dat hij haar iets zou aandoen.'
De Cock reageerde verwonderd.
'Evelien vertelde mij dat Gerard erg op zijn moeder was gesteld.'
Maurice schudde zijn hoofd.
'Dat ziet Evelien verkeerd. Het leek alsof Gerard erg op haar was gesteld, maar het was geen echte liefde of aanhankelijkheid.'
'Wat was het dan wel?'
Maurice aarzelde.
'Onze vader hield zich niet zo intensief met het gezin bezig.'
De Cock glimlachte.
'Hij had andere beslommeringen?'
Maurice knikte nadrukkelijk.
'Zijn ontembare verzamelwoede. Voor zijn gezin had hij geen tijd en geen interesse. Gerard is mijn oudste broer. Hij was nog betrekkelijk jong toen hij in wezen de taak van vader in het gezin overnam. Hij regeerde ons. En hij regeerde moeder. Gerard was zo dominant, dat er voor moeder weinig ruimte overbleef.'
De Cock fronste zijn wenkbrauwen.
'U bedoelt dat uw broer Gerard in het gezin op den duur ook de taak van moeder overnam... dat alle belangrijke beslissingen in feite door hem werden genomen?'
'Zo ongeveer,' stemde Maurice in. 'Moeder was geheel van hem afhankelijk... durfde zonder hem niets te ondernemen. In een vertrouwelijk moment heeft moeder zich bij mij over Gerard beklaagd. Ze zei toen: "Als ik niet doe wat hij zegt, vermoordt hij me." '
De Cock schudde zijn hoofd.
'Dat lijkt niet op aanhankelijkheid of liefde.'
'Dat was het ook niet.'

De Cock trok een denkrimpel in zijn voorhoofd.
'Wanneer vond dat vertrouwelijke gesprek plaats? Was dat voor of na de dood van uw vader?'
Maurice dacht even na.
'Dat zal, denk ik, een jaar voor de dood van vader zijn geweest. Ik weet niet meer wat het geschilpunt was. De tweeling... Marcel en ik werden altijd overal buiten gehouden. Alleen Evelien speelde wel eens op. Zij had een hekel aan Gerard. Van kinds af aan. Dat escaleerde later toen Gerard zich ook nog eens met haar liefdesaffaires ging bemoeien.'
'Dat deed hij?'
Maurice knikte.
'Hij was er fel op tegen dat Evelien met Eduard van Wezep trouwde. Hij vond hem een vent van niks en weigerde hem thuis te ontvangen.'
'Een huistiran?'
'Dat was hij... vooral wanneer hij meende dat hij het gelijk aan zijn kant had.'
'Evelien zette door?'
Maurice knikte opnieuw.
'U moet de houding van Evelien goed begrijpen. Zij zag Gerard als een verlengstuk van moeder... of moeder als een verlengstuk van Gerard. Zij verzette zich altijd tegen die twee en nam het op voor vader. Ik vermoed dat ze daarom denkt dat die twee iets met de dood van vader hebben te maken.'
'In combinatie?' vroeg De Cock.
'Hoe bedoelt u dat?'
'Beiden... gezamenlijk... eendrachtig?'
'Ik... eh,' sprak Maurice aarzelend, 'ik kan mij dat niet zo goed voorstellen. Daarom ben ik nooit op de suggestie van Evelien ingegaan. Ik vond het een absurd idee dat moeder en Gerard samen verantwoordelijk zouden zijn voor de dood van vader.'
De Cock knikte begrijpend.
'Toen ik u zei dat uw moeder door misdrijf om het leven was gekomen, riep u spontaan "Gerard". Het was een rauwe kreet... zonder enige overdenking uitgesproken. Denkt u oprecht dat Gerard uw moeder heeft omgebracht?'
Maurice frommelde nerveus aan de zoom van zijn jack.
'Dat... eh, dat durf ik niet zo te zeggen. De gedachte dat Gerard

het had gedaan kwam ineens bij mij op. Ik... eh, ik heb daar geen verklaring voor. Ik denk aan hetgeen moeder tegen mij zei.'
De Cock gebaarde in zijn richting.
'U bedoelt haar woorden: Als-ik-niet-doe-wat-hij-zegt, vermoordt-hij-mij?'
Maurice knikte.
'Misschien dat moeder eindelijk eens een eigen beslissing heeft willen nemen... en uitvoeren.'
De Cock keek de jongeman secondenlang aan.
'En dat,' sprak hij ernstig, 'werd haar dood.'

Toen Maurice van Nederveld uit de grote recherchekamer was vertrokken, zwaaide Vledder met zijn armen.
'Wat een familie,' riep hij geschokt.
De Cock lichtte zijn schouders iets op.
'Zo zijn er wellicht duizenden,' sprak hij achteloos. 'Spanningen in een gezin leiden zelden tot moord. Gelukkig maar. Anders was het cellentekort in ons land nog groter.'
Vledder trok een bedenkelijk gezicht.
'Ik heb toch het gevoel dat het motief voor de moorden ergens anders ligt.'
'Niet in de familie?'
Vledder schudde zijn hoofd.
'Daarbuiten... relaties die de heer en mevrouw Van Nederveld hadden buiten familieverband.'
'Hoe?'
Vledder reageerde geprikkeld.
'Geen flauw idee,' riep hij bruusk. 'Misschien waren ze lid van een club, een sekte, een geheim genootschap. Weet ik veel.'
De Cock schudde zijn hoofd.
'Uit hetgeen wij tot nu te weten zijn gekomen, blijkt dat de heer en mevrouw Van Nederveld ieder een eigen leven hebben geleid. Uit niets spreekt een gezamenlijke aanpak of interesse. Ze hebben beiden een paar kinderen verwekt. Wellicht was dat de enige harmonie in hun huwelijk.'
Vledder gniffelde om de formulering.
'En voor hun huwelijk?'
De Cock krabde zich achter in zijn nek.

'Dat ligt zo ver in het verleden, dat uit die tijd nog moeilijk een motief kan stammen. Gerard, hun oudste zoon, loopt al tegen de veertig.'
Vledder reageerde emotioneel.
'Als we ervan uitgaan,' riep hij opgewonden, 'dat ook de heer Van Nederveld werd vermoord, dan vraag je je toch af waarom dat echtpaar moest sterven.'
De Cock knikte met een ernstig gezicht.
'Aan ons de taak,' sprak hij plechtig, 'om op die vraag een antwoord te vinden. De modus operandi* is vrijwel identiek. Wat mij intrigeert is dat interval van ruim een jaar.'
Vledder zuchtte.
'Misschien was de recente moord op mevrouw Van Nederveld wel een uitvloeisel van de moord op haar man een jaar daarvoor.'
De Cock knikte instemmend.
'Dat lijkt mij een vruchtbare gedachte. Als we de raadsels rond de dood van vader Van Nederveld kunnen...'
De grijze speurder stokte. Ook Vledder schrok op.
De deur van de grote recherchekamer werd met kracht open gesmeten en Gerard van Nederveld stormde met dreunende tred op De Cock af.
'Waarom,' brieste hij, 'hebt u mij vanmiddag niet gezegd dat moeder werd vermoord?'
De Cock antwoordde niet direct. In een snelle blik peilde hij de woede van de man... bezag de schittering in de bruine ogen, de felrode kleur op de wangen van zijn ovaal gelaat. Kalm wees de oude rechercheur naar de stoel naast zijn bureau.
'Gaat u zitten.'
Het klonk als een gebod.
Gerard gehoorzaamde.
'Waarom,' vroeg hij met minder emotie, 'hebt u mij vanmiddag niet gezegd dat moeder werd vermoord. Ik moest het nu van Maurice vernemen.'
De Cock maakte een verontschuldigend gebaar.
'Toen ik vanmiddag op Westgaarde afscheid van u nam, wist ik dat nog niet. Eerst tijdens de gerechtelijke sectie bleek dat in de

* Modus operandi: werkwijze.

hals van uw moeder kraakbeenringetjes waren gebroken.'
'En dat betekent?'
'Verwurging.'
Gerard keek hem verwilderd aan.
'Verwurging,' herhaalde hij vol onbegrip. 'Waarom moest men dat oude mens wurgen? Ze heeft nog nooit in haar leven iemand kwaad gedaan.'
De Cock schudde zijn hoofd.
'Daar kan ik u geen antwoord op geven. Ons onderzoek is nauwelijks gestart.'
Gerard van Nederveld spreidde zijn beide handen.
'Wat heb ik met de moord op moeder te maken?'
De Cock kneep zijn beide ogen halfdicht.
'Waarom vraagt u dat?'
Gerard ademde diep.
'Maurice suggereerde dat ik wellicht bij haar dood zou zijn betrokken.'
De Cock trok zijn gezicht strak.
'En dat is niet zo?'
Gerard van Nederveld stampte als een kind met zijn rechtervoet op de vloer.
'Het is absurd,' schreeuwde hij wild. 'Ik ben de enige die moeder altijd heeft bijgestaan. Vader was een prutser, een kruimelaar, een knoeierd. Als ik het heft niet in handen had genomen, dan was ons hele gezin verpauperd... aan de bedelstaf gebracht. Moeder en ik hebben aan zijn onzinnige uitgaven uiteindelijk een limiet gesteld.'
In een gebaar van wanhoop sloeg Gerard zijn handen tegen zijn gezicht.
'En nu vraagt zo'n aap van een jongen zich af of ik wellicht moeder iets had aangedaan. Ik... moeder.'
'Hij beschuldigde u rechtstreeks?'
Gerard knikte heftig.
'Zonder omwegen... alsof hij ervan overtuigd was dat ik moeder had vermoord. Hij vroeg zich ook af of ik wist hoe vader precies om het leven was gekomen.'
De Cock keek hem strak aan.
'Hoe kwam die om het leven?'
De blik van Gerard draaide schichtig weg.

'Een ongeval. Vader verdronk.'
'Zonder hulp?'
'Hoe bedoelt u dat?'
De Cock tuitte zijn lippen.
'Niemand gaf hem een zetje of liet hem in het water glijden?'
In de bruine ogen van Gerard vonkte opnieuw een kwaadaardige schittering.
'Wat bedoelt u met die vraag?'
De Cock boog zich iets naar hem toe.
'Wij hebben redenen om aan te nemen dat uw vader niet door een ongeluk om het leven kwam.'
'Hoe dan wel?'
'Dat ook hij werd vermoord.'
Gerard sloot zijn beide ogen en liet zijn hoofd iets zakken. Na enige tijd keek hij op.
'Ik heb het "verdrinken" van vader altijd raadselachtig gevonden,' sprak hij zacht. 'Vader kon uitstekend zwemmen en verkeerde fysiek in een goede conditie.'
'En psychisch... had hij depressieve buien?'
Gerard trok een grijns.
'Ach, wie heeft die niet op zijn tijd. Maar ik had niet het idee dat vader daaronder leed.'
'Acht u zelfmoord uitgesloten?'
'Absoluut.'
De Cock strekte zijn wijsvinger naar hem uit.
'Hebt u uw bedenkingen inzake de dood van uw vader destijds kenbaar gemaakt?'
'Aan wie?'
'De Rijkspolitie te Water. Er is destijds een onderzoek naar zijn dood ingesteld.'
Gerard schudde zijn hoofd.
'Dat heb ik niet gedaan.'
'Waarom niet?'
Gerard verschoof iets op zijn stoel.
'Het is... eh, het is wellicht ongepast om het te zeggen, maar moeder en ik hebben de dood van vader als een... eh, een opluchting ervaren.'
De Cock knikte begrijpend.
'Moeder en jij waren blij van hem te zijn verlost.'

Gerard nam een kleine pauze en zuchtte diep.
'Vader was geen beste,' opende hij voorzichtig. 'Soms leidde zijn verzamelwoede tot een gedreven bezetenheid. Wanneer hij een bepaald verzamelobject begeerde, dan ontzag hij niets of niemand om het in zijn bezit te krijgen.'
De Cock glimlachte.
'Is dat niet het kenmerk van de ware verzamelaar?'
Gerard schudde zijn hoofd.
'Om zijn verzamelwoede te bevredigen schuwde vader zelfs de omgang niet met allerlei louche lieden. Hij nam ze in de Hartenstraat wel mee naar huis. Moeder en ik probeerden dan Evelien en de tweeling uit hun buurt te houden.'
'U vond hen bedreigend?'
'Ze vormden ook een bedreiging,' sprak Gerard ernstig. 'Ik heb eens per ongeluk een aan mijn vader gerichte brief opengemaakt. We dragen nu eenmaal dezelfde familienaam. In die brief werd hij met de dood bedreigd als hij zijn verplichtingen niet nakwam.'
De Cock keek hem onderzoekend aan.
'Hoe was de bedreiging geformuleerd?'
Gerard ademde diep.
'Het was maar een kort briefje in grove hanenpoten en met een vreemde tekst.'
De Cock toonde enig ongeduld.
'Herinnert u zich die tekst nog?' vroeg hij licht geprikkeld.
'Als-de-poppen-niet-dansen-krijg-je-bloemen-op-je-graf.'
De Cock grinnikte.
'Het lijkt meer op een cryptogram, dan op een dodelijke bedreiging.'
'Ik heb het destijds als een dodelijke bedreiging opgevat.'
'Wat hebt u met die brief gedaan?'
'Aan vader gegeven.'
'Hoe reageerde hij?'
Gerard staarde voor zich uit.
'Vader las hem, verfrommelde daarna de brief en wierp hem achteloos in de prullenbak.'
'Hij was er niet van onder de indruk?'
'Dat leek er niet op.'
De Cock gebaarde in zijn richting.

'Hebt u aan uw vader gevraagd wat die tekst te betekenen had?'
'Dat durfde ik niet. Ik vond het al gênant dat ik die aan hem gerichte brief had opengemaakt.'
'Weet u nog van wie die brief afkomstig was?'
Gerard knikte.
'Die naam vergeet ik nooit. Ene Klaas Sonderlick uit Lelystad.'

De Cock leunde in zijn bureaustoel achterover en verzonk in gepeins. 'Een vreemde man, die Gerard van Nederveld,' sprak hij mijmerend. 'Tegenover zijn moeder, broers en zuster acteerde hij als een huistiran, maar aan zijn vader durfde hij geen uitleg te vragen over een vreemde tekst die hij zelf als een bedreiging ervoer.'
Vledder knikte.
'Als-de-poppen-niet-dansen, krijg-je-bloemen-op-je-graf. Wat maak je daaruit op?'
De Cock streek met zijn pink over de rug van zijn neus.
'Bloemen-op-je-graf,' sprak hij gniffelend, 'kan men als een bedreiging opvatten. Maar wat ik uit die niet dansende poppen moet opmaken, is mij een raadsel.'
'Vormen poppen een collector's item?'
De Cock knikte nadrukkelijk.
'Antieke poppen zijn bij verzamelaars erg gewild. Vooral poppen van de bekende merken als Jumeau, Kestner, Heubach en Simon & Halbig. Zelfs voor mooie exemplaren van celluloid worden kapitalen neergelegd.'
'Verzamelde de heer Van Nederveld poppen?'
De Cock trok zijn schouders op.
'Van Evelien heb ik begrepen dat hij van alles verzamelde. Hij had geen gerichte interesse voor poppen of voor wat dan ook.'
'Ik herinner mij dat Evelien wel iets over poppen heeft gezegd.'
De Cock knikte.
'Ze noemde ze in een reeks van voorwerpen die haar vader verzamelde.'
De oude rechercheur zweeg even.
'Klaas Sonderlick zal ons moeten vertellen wat hij met "als de poppen niet dansen" bedoelde. Heb je hem al opgevraagd?'
Vledder knikte.
'Hij komt in onze administratie slechts een keer voor.'

'Terzake?'
'Heling. Dat was achttien jaar geleden. Hij had toen hier in Amsterdam in de Nieuwe Spiegelstraat een winkeltje Brocante & Curiosa.'
'Bestaat dat nog?'
Vledder schudde zijn hoofd.
'Dat is al vijftien jaar geleden opgeheven.'
'Wat had die Sonderlick geheeld?'
'Een verzameling antiek porselein destijds bij een inbraak uit een villa te Heemstede ontvreemd door ene Hendrik Haverkamp.'
De Cock lachte.
'Handige Henkie,' riep hij vrolijk.
'Heet die Haverkamp?'
De Cock knikte instemmend.
'Hendrik Haverkamp. Hebben we eens een leuke ingang. Misschien kan Handige Henkie ons iets over die vreemde Klaas Sonderlick vertellen... of hij ook in poppen handelde en dreigbrieven schreef. Bel nog even met de politie in Lelystad. Misschien woont die Klaas Sonderlick daar nog.'
Vledder wentelde het telefoonmolentje op zijn bureau, draaide een nummer en vroeg inlichtingen.
Na enige tijd legde hij de hoorn op het toestel terug en keek op. De Cock monsterde zijn gezicht.
'Wat is er?'
Vledder liet zijn hoofd iets zakken.
'Klaas Sonderlick is dood. Vermoord. Hij werd twee jaar geleden op een parkeerterrein in de nabijheid van de Duitse stad Bochum gevonden... doorzeefd met kogels. In zijn auto vond men een aantal antieke poppen... gevuld met cocaïne.'
'Wie?'
Vledder schudde zijn hoofd.
'Van de daders geen spoor.'

7

De Cock woelde met zijn dikke vingers door zijn stugge grijze haar. Zijn gezicht stond somber.
'Het wordt steeds ingewikkelder,' verzuchtte hij. 'Een ding staat vast... de oude heer Van Nederveld onderhield vreemde relaties.'
Vledder glunderde.
'Ik krijg gelijk... je zult het zien... het motief voor de moord op het echtpaar Van Nederveld ligt buiten de familiesfeer.'
'Ondanks de onderlinge beschuldigingen?'
Vledder knikte.
'Dat is het gevolg van een gegroeid wantrouwen tussen de kinderen van het echtpaar Van Nederveld. Emotioneel... niet wezenlijk.'
De Cock strekte zijn wijsvinger naar hem uit.
'Buiten de familiesfeer. Dat betekent dat je je aandacht wilt richten op Klaas Sonderlick.'
'Precies.'
De Cock schudde zijn hoofd.
'Klaas Sonderlick valt volgens mij buiten beschouwing. Hij werd twee jaar geleden bij Bochum geliquideerd. En dood is een perfect alibi. Het verbaast mij alleen dat de politie in Lelystad wel van zijn liquidatie op de hoogte is en onze administratie niet.'
'Dat interesseert mij niet,' antwoordde Vledder wrevelig. 'Er zullen beslist meer doden in onze administratie zijn blijven hangen.* Het gaat mij ook niet om de persoon van Klaas Sonderlick, maar om zijn handel.'
'Cocaïne?'
Vledder ademde diep.
'Denk nu eens aan die vreemde dreigbrief,' vervolgde hij geduldig.
De Cock grinnikte.
'Als-de-poppen-niet-dansen,' declameerde hij, 'krijg-je-bloemen-op-je-graf.'

* Het heeft weinig zin om gestorven criminelen in het bestand te houden.

Vledder knikte instemmend.
'Vermoedelijk leverde de oude heer Van Nederveld de antieke poppen waarmee Klaas Sonderlick zijn cocaïne smokkelde.'
De Cock plukte aan het puntje van zijn neus.
'De woorden "Als-de-poppen-niet-dansen" zou men dan moeten opvatten als een ernstige vermaning van Klaas Sonderlick aan de heer Van Nederveld om de verlangde poppen te leveren.'
De ogen van Vledder glinsterden.
'Exact. Geen poppen, dan bloemen op je graf.'
De Cock knikte.
'Wat mij intrigeert, is dat de oude heer Van Nederveld blijkbaar tegen dergelijke bedreigingen was opgewassen. Zijn koele reactie op de brief is daarvan een duidelijk bewijs.'
Vledder snoof.
'Hij kende het klappen van de zweep... wist met wat voor luitjes hij van doen had. Als we ervan uitgaan – en waarom zullen we dat niet? – dat de oude heer Van Nederveld wist waarvoor zijn antieke poppen werden gebruikt, dan was hij nauw bij de handel in cocaïne betrokken.'
De Cock stak afwerend zijn rechterhand omhoog.
'Dat gaat mij toch even te ver,' sprak hij vermanend. 'Je slaat op hol. Die bewering is niet rationeel meer. De wetenschap dat Klaas Sonderlick zijn antieke poppen gebruikte voor de smokkel van cocaïne, behoeft niet te betekenen dat Van Nederveld ook bij de handel in drugs was betrokken. Wel bestaat de mogelijkheid dat die "antieke-poppen-wetenschap" voor anderen bedreigend is geweest.'
'Voor de mensen die Klaas Sonderlick liquideerden?'
De Cock trok een bedenkelijk gezicht.
'Bij de liquidatie van Klaas Sonderlick in Bochum zijn de antieke poppen met cocaïne door de daders blijkbaar onaangeroerd gebleven, anders had de Duitse politie die niet in zijn wagen aangetroffen. En dat is vreemd. Zij vertegenwoordigden toch een enorm kapitaal.'
Vledder knikte begrijpend.
'Je bedoelt dat de daders van de liquidatiemoord in Bochum de "antieke-poppen-wetenschap" blijkbaar niet bezaten?'
De Cock schudde zijn hoofd.

'Ze hebben de waarde van de oude antieke poppen niet ingezien... niet geweten wat ze bevatten. Ik denk dat ten aanzien van Klaas Sonderlick alleen een opdracht tot liquidatie is gegeven. Verder niets.'
De oude rechercheur kwam uit zijn stoel overeind en sjokte naar de kapstok.
Vledder liep hem na.
'Waar ga je heen?'
De Cock draaide zich half om.
'Het is lang geleden dat ik Handige Henkie een bezoek bracht.'

De ex-inbreker keek met een gezicht vol ongeloof en verbazing naar De Cock op. Verschrikt monsterde hij het gelaat van de oude speurder.
'Kom... eh, kom je mij arresteren,' stamelde hij onthutst.
De Cock bracht zijn beminnelijkste glimlach.
'Heb ik daar reden toe?' vroeg hij plagerig. 'Ik dacht dat jij alleen nog het smalle pad der deugd bewandelde?'
Handige Henkie trok zijn schouders op.
'Bij jou weet je het nooit.'
De Cock trok een verongelijkt gezicht.
'Heb ik jou in het verleden wel eens ten onrechte gearresteerd?'
De ex-inbreker schudde zijn hoofd.
'Nooit.'
Handige Henkie draaide zich om en liep voor de rechercheurs uit naar een gezellig ingerichte woonkamer en wees uitnodigend naar diepe fauteuils met een stoffen bekleding bedrukt met vrolijke bloemmotieven.
'Ga zitten en denk niet dat ik nog eens opnieuw voor je ga inbreken.'*
De Cock nam plaats. Hij legde zijn oude hoedje naast zich op het tapijt en zwaaide afwerend. Daarna tastte hij in de rechter steekzak van zijn regenjas en toonde de ex-inbreker een koperen houdertje met daarin een keur van stalen sleutelbaarden.
'Sinds ik dit van jou heb gekregen, heb ik jouw vakmanschap niet meer nodig.'
Handige Henkie lachte.

* Zie: *De Cock en het lijk in de kerstnacht.*

'Gebruik je het nog steeds?'
De Cock knikte.
'Bij tijd en wijle... voor kleine intieme onderzoekjes.'
Handige Henkie grijnsde.
'Ik volg het criminele gedoe nog wel in de kranten. Tegenwoordig noemt men zo'n intiem onderzoekje een "inkijk-operatie" en de advocaten doen er nogal verontwaardigd over.'
De Cock maakte een schouderbeweging.
'Much ado about nothing.'
'Wat?'
'Veel geschreeuw en weinig wol.'
Handige Henkie kwam iets uit zijn fauteuil naar voren. Hij keek de oude rechercheur aan.
'Je bent toch niet naar mij toe gekomen om nog eens in mijn mooie blauwe ogen te kijken?'
De Cock blikte onbewogen terug.
'Volgens mij zijn ze groen.'
De ex-inbreker trok zijn gezicht strak.
'Je weet best wat ik bedoel.'
De Cock reageerde niet direct. Hij keek om zich heen... naar het uitbundige meubilair, naar de heldere gordijnen en sierlijke volants voor de ramen.
'Ik ben blij dat het je goed gaat.'
Handige Henkie knikte.
'Ik mag niet klagen,' sprak hij ernstig. 'Mijn vrouw en ik hebben elk een baan. Redelijk. Voor de deur staat ons wagentje... nog geen jaar oud en wij hebben deze vakantie samen geboekt voor Ibiza.'
De Cock knikte bewonderend.
'Prima.'
De oude rechercheur zweeg even, bracht zijn handen naar voren en drukte de vingertoppen tegen elkaar.
'Ik... eh, ik wil,' opende hij voorzichtig, 'nog even met je terug naar jouw... eh, jouw duister verleden.'
Handige Henkie gniffelde.
'Ik kijk er soms nog met plezier op terug.'
De Cock negeerde de opmerking.
'Achttien jaar geleden pleegde jij een inbraak in een villa in Heemstede. Jouw buit was een verzameling antiek porselein.'

’Ja.’
’Wat heb jij destijds met die verzameling antiek porselein gedaan?’
Handige Henkie keek de oude rechercheur wantrouwend aan.
’Dat weet je toch?’ antwoordde hij verbaasd. ’Dat staat in mijn dossier.’
De Cock zweeg even, realiseerde zich dat hij een verkeerde vraag had gesteld.
’Je hebt die verzameling verkocht.’
Handige Henkie grinnikte.
’Allicht. Wat moet ik met antiek porselein.’
De Cock ging onverstoord verder.
’Je bracht het porselein naar Brocante & Curiosa, destijds een winkeltje in de Nieuwe Spiegelstraat, gedreven door ene Klaas Sonderlick.’
Handige Henkie knikte.
’Dat klopt.’ Zijn gezicht versomberde. ’Die Klaas hebben ze een paar jaar geleden afgeschoten.’
’Hoe weet je dat?’
’Ik hoor nog wel eens wat.’
’Bracht jij je buit aan antiek altijd naar Klaas Sonderlick?’
Handige Henkie schudde zijn hoofd.
’Aanvankelijk niet. Ik kon mijn spulletjes altijd kwijt bij Peter van der Zwaard in de Jeroenensteeg. Tot hij mij een keer belazerde met een verzameling munten.’
’Belazerde?’
Handige Henkie knikte.
’Hij betaalde mij niet... zei later glashard dat ik hem nooit munten had geleverd.’
’Een rotstreek.’
Op het gezicht van Handige Henkie verscheen een blos van opwinding.
’Ze hadden hem moeten afschieten. Hij flikte die geintjes ook bij andere penozejongens.’
’Handelt die Peter van der Zwaard nog?’
Handige Henkie trok zijn schouders op.
’Geen flauw idee. Ik weet niet eens of hij nog leeft... of ze ook hem niet hebben afgeschoten. Daar zijn ze tegenwoordig rap mee.’

De Cock kneep zijn ogen halfdicht.
'Klaas Sonderlick belazerde je niet?'
Handige Henkie schudde resoluut zijn hoofd.
'Een deal was een deal. Daar hield Klaas Sonderlick zich aan.'
De Cock keek hem onderzoekend aan.
'Wat deed Klaas Sonderlick met de spullen die jij hem leverde?'
'Die verkocht hij in zijn winkeltje in de Nieuwe Spiegelstraat. Meest onderhands. Er zijn verzamelaars die... wanneer ze ergens hun zinnen op hebben gezet... nooit vragen stellen over de herkomst.'
De Cock kauwde op zijn dikke onderlip.
'Ooit gemerkt dat Klaas Sonderlick buiten antiek en curiosa ook in drugs handelde?'
Handige Henkie trok een grijns.
'In mijn tijd was er in drugs nog geen stuiver te verdienen. Er waren Chinezen die kleine plakjes opium in een vetvrij papiertje verkochten voor een tientje. Maar wie had daar belangstelling voor?'
Handige Henkie zweeg even.
'Ik denk dat Klaas Sonderlick zich later met de handel in drugs heeft beziggehouden.'
De ex-inbreker schudde afkeurend zijn hoofd.
'Stommerik. Het werd zijn dood.'
De Cock boog zich iets naar voren.
'Die kraak van jou in die villa in Heemstede verbaasde mij.'
'Waarom?'
'Volgens mij opereerde je nooit buiten Amsterdam.'
Handige Henkie lachte.
'In Heemstede in die villa lag een kostbare verzameling porselein.'
'Hoe wist je dat?'
'Van Klaas Sonderlick.'
'Had Klaas Sonderlick relaties met de eigenaar van die verzameling?'
Handige Henkie schudde zijn hoofd.
'Klaas niet. Klaas had connecties met een man die precies wist bij wie en waar er bepaalde kostbare verzamelingen antiek te vinden waren.'

'Een tipgever?'
'Precies.'
De Cock hield even zijn adem in.
'Kende jij die tipgever... heb je hem wel eens ontmoet?'
Handige Henkie knikte.
'Een paar keer in het winkeltje van Klaas in de Nieuwe Spiegelstraat. Een stille vent... zelf een verzamelaar van alles en nog wat.'
'Herinner je je nog hoe die man heette?'
Handige Henkie trok een denkrimpel in zijn voorhoofd.
'Van Nederveld... Heer Van Nederveld, zo noemde Klaas Sonderlick hem. Heer Van Nederveld. Zijn voornaam heb ik nooit gehoord.'

Ze reden met hun Golf terug naar de kit. Het begon al te schemeren en de hitte van de dag kleefde nog aan de fraaie geveltjes van de oude binnenstad. De duiven koerden op de Dam en de terrassen op het Damrak zaten vol luchtig geklede toeristen die genoten van een drankje op een zwoele zomeravond.
De Cock draaide het portierraam naast hem open. Het bracht wat verkoeling. De oude rechercheur blikte opzij.
'Maak nog maar een klein rondje via de Prins Hendrikkade en de Valkenburgerstraat. Ik wil nog wat lucht. Met die zomerse hitte zal het wel stinken in het bureau.'
Vledder bromde.
'Het stinkt er ook in de winter.'
De Cock reageerde niet. Een tijdlang reden ze zwijgend voort. Het was Vledder die de stilte verbrak.
'Die oude heer Van Nederveld,' sprak hij behoedzaam, 'was toch niet zo'n stille grijze muis als wij aanvankelijk dachten.'
De Cock schudde zijn hoofd.
'Hij bezocht alle antiekveilingen en vlooienmarkten en raakte daarbij in contact met verzamelaars op vrijwel elk gebied. Wanneer hij ergens bij iemand een kostbare verzameling verwachtte, noteerde hij naam en adres en tipte Klaas Sonderlick.'
Vledder grinnikte.
'En die nam Handige Henkie in de arm om de buit te bemachtigen.'
De Cock tuitte zijn lippen.

'Misschien werkten buiten Handige Henkie ook wel andere inbrekers voor hem.'
Vledder gniffelde.
'Als misdaadorganisatie,' lachte hij, 'heeft het wel mijn bewondering.'
De Cock knikte.
'Door zijn eenvoud,' sprak hij ernstig, 'een uiterst geraffineerde vorm van samenwerking. Niemand zal hebben vermoed welke rol de eerzame verzamelaar Van Nederveld daarin speelde.'
'Zou er iemand achter zijn gekomen?' vroeg Vledder.
'Je bedoelt dat iemand zijn rol heeft ontdekt?'
Vledder knikte.
'Iemand die begreep op welke wijze hij zijn kostbare verzameling was kwijt geraakt.'
De Cock trok zijn schouders op.
'Mogelijk... mogelijk ligt daar wel het motief voor zijn gewelddadige dood.'

Toen ze het politiebureau aan de Warmoesstraat binnenstapten, wees Jan Kusters met een pijnlijk verwrongen gezicht omhoog.
De Cock liep op hem toe.
'Wat is er? Heb je buikpijn?'
De wachtcommandant bleef wijzen met een uitgestoken vinger.
'Buitendam zit boven.'
De Cock schoof de mouw van zijn regenjas iets terug en keek op zijn horloge.
'Tien uur,' riep hij verbaasd. 'Wat moet de commissaris hier... op dit uur? Is er iets gebeurd? Heb jij hem laten komen?'
Jan Kusters schudde zijn hoofd.
'Ik heb hem niet geroepen. Ik heb de gebruikelijke rottigheid aan de kit. Niets bijzonders. Buitendam kwam hier een kwartiertje geleden plotseling met een rood hoofd binnenstuiven en vroeg of jij al naar huis was. Ik zei dat ik verwachtte dat jij en Vledder nog wel terug zouden komen.'
'En?'
'Stuur hem onmiddellijk.'
De Cock grijnsde.
'En dat doe je nu bij deze.'

Commissaris Buitendam, de lange statige chef van het politiebureau aan de Warmoesstraat, wenkte met een slanke hand naar de stoel voor zijn bureau.
'Ga zitten, De Cock,' sprak hij geaffecteerd. 'Ik wil volledig worden geïnformeerd.'
De oude rechercheur trok een stuurs gezicht en nam onwillig plaats. Hij zat niet graag. Het liefst bleef hij staan, rechtop, zijn benen iets uit elkaar. Dan voelde hij zich weerbaar en meer gespannen. Hij had geen hekel aan zijn commissaris, maar wanneer Buitendam hem ontbood, bezag hij hem steeds met argwaan. Het was een houding van strijdlust, van protest, die hij bij voorbaat aannam om zich tegen eventuele aantijgingen te verweren.
'Waarover?' vroeg hij onnozel.
'De zaak waar jij en Vledder mee bezig zijn.'
De Cock veinsde verbazing.
'Daarover hebben wij toch uitvoerig gerapporteerd.'
Commissaris Buitendam tikte driftig met de gekromde wijsvinger van zijn rechterhand op een rapport voor zich op zijn bureau.
'Uitvoerig... uitvoerig,' riep hij geëmotioneerd. 'Er staat alleen dat ene Alida Maria de Ruijter, weduwe van Van Nederveld door verwurging om het leven is gekomen en dat het vermoeden bestaat dat ook haar echtgenoot, ongeveer een jaar geleden, het slachtoffer werd van moord. Meer vermeldt het rapport niet.'
De Cock keek hem niet-begrijpend aan.
'Is dat niet genoeg?'
Buitendam zwaaide geagiteerd.
'Het belangrijkste ontbreekt.'
De Cock fronste zijn wenkbrauwen.
'Ik... eh, ik begrijp niet wat u bedoelt?'
Commissaris Buitendam tikte opnieuw op het rapport voor zich, driftiger dan tevoren.
'In het rapport wordt niet vermeld waar de beide slachtoffers zijn gevonden.'
De Cock kwam uit zijn stoel omhoog. Intuïtief voelde hij hoe het gesprek verder zou verlopen.
'In het water van het open havenfront.'
Buitendam knikte heftig.

'Exact, exact,' riep hij onbeheerst. 'In het water van het open havenfront. Dat heb ik eerst vanavond bij toeval vernomen. En het open havenfront behoort... en dat weet jij deksels goed... tot het territorium van de Rijkspolitie te Water. De zaak van de beide moorden behoort tot hun competentie. Ik gelast je het onderzoek naar de moord op het echtpaar Van Nederveld onmiddellijk aan de Rijkspolitie te Water over te dragen.'
De Cock stak in wanhoop zijn armen omhoog.
'Vledder en ik zijn er al een paar dagen mee bezig.'
Commissaris Buitendam stak zijn kin iets naar voren.
'Daar heb ik niets mee te maken. De zaak hoort bij de Rijkspolitie te Water thuis. Ik voel weinig voor een competentiegeschil.'
De Cock voelde hoe de woede in zijn aderen kroop. Om zich te bedwingen drukte hij zijn vingernagels diep in zijn handpalmen.
'Dit,' brieste hij, 'dit is de grootste nonsens die ik in mijn hele politiecarrière heb aangehoord en het verbaast mij niets dat het uit uw mond komt.'
Commissaris Buitendam kwam uit zijn stoel overeind. Zijn gezicht zag rood en over zijn beide wangen zwiepte een zenuwtrek. Met een vervaarlijke glinstering in zijn ogen strekte hij zijn arm naar de deur van zijn vertrek.
'Eruit.'
De Cock ging.

8

Na het stormachtige onderhoud met commissaris Buitendam keerde De Cock in de grote recherchekamer terug. Hij slofte met licht gebogen hoofd naar de stoel achter zijn bureau en liet zich zakken. De grijze speurder voelde na een lange werkdag een intense vermoeidheid in zijn botten kruipen.
Vledder keek hem peilend aan.
'Was het weer zover?'
'Buitendam is er,' verzuchtte De Cock, 'op een of andere manier achter gekomen dat de lijken van het echtpaar Van Nederveld door de rijkspolitie uit het open havenfront waren gevist.'
'En?'
'De commissaris wil nu dat wij het onderzoek aan de Rijkspolitie te Water overdragen. Buitendam was bang voor een competentiegeschil.'
'Zot.'
'Dat zei ik hem ook.'
Vledder gniffelde.
'En toen stuurde hij je zijn kamer af.'
'Zoals gebruikelijk.'
Vledder keek hem aan.
'Doe je het?'
'Wat?'
'De zaak overdragen aan de Rijkspolitie te Water?'
'Wij hebben,' antwoordde De Cock traag, 'correct gehandeld. Er is sprake geweest van overleg. Ik heb duidelijk met Opper Vermeulen afgesproken dat wij de zaak in behandeling zouden nemen.'
De Cock blikte nadenkend voor zich uit, en wendde zich daarna tot Vledder:
'Heb je nog een afschrift van het rapport dat je voor Buitendam hebt gemaakt?'
'Zeker.'
'Maak er een kopie van voor de Rijkspolitie te Water en doe er een kort begeleidend briefje bij, waarin je vermeldt dat het in het rapport genoemde echtpaar Van Nederveld met een interval

van ongeveer een jaar door hun dienst uit het water van het open havenfront is gevist.'
'Punt?'
De Cock knikte instemmend.
'Meer niet. Geen bijzonderheden, geen details.'
Vledder keek hem verwonderd aan.
'Wat hebben ze daaraan?'
De Cock schudde zijn hoofd.
'Niets.' De oude rechercheur glimlachte. 'Het is een administratief foefje. Als de leiding van de Rijkspolitie te Water ondanks mijn overeenkomst met Opper Vermeulen toch in de zaak is geïnteresseerd, zullen ze ons om nadere inlichtingen vragen. Zijn ze niet geïnteresseerd, dan nemen ze het rapport voor wat het is, maar dan hebben wij aan onze plicht voldaan en de Rijkspolitie te Water formeel in kennis gesteld.'
'En wat doen wij?'
'Wat dacht je?'
Vledder lachte vrolijk.
'Doorgaan.'
De Cock knikte met een ernstig gezicht.
'Ik heb nog nooit een moordzaak uit handen gegeven,' sprak hij verbeten, 'en ik ben ook nu niet van plan om dat te doen.'
Vledder trok zijn wenkbrauwen op.
'En als de leiding van de Rijkspolitie te Water achteraf toch geïnteresseerd blijkt en om nadere inlichtingen vraagt?'
'Dan rapporteren wij,' antwoordde De Cock rustig, 'dat wij bij ons onderzoek inzake de beide moorden tot nu... ondanks onze uiterste inspanningen... geen positieve resultaten hebben geboekt. En dan blijven wij strikt binnen de kring van de waarheid.'
Vledder zuchtte diep.
'Wat een gemeier. Als wij toch met Opper Vermeulen afspreken dat wij aan de Warmoesstraat de zaak behandelen, dan is daar toch niets op tegen. Waar bemoeit...'
De jonge rechercheur stokte. Er werd op de deur van de recherchekamer geklopt. Nog voor Vledder kon reageren, werd de deur geopend door een man in een blauwe spijkerbroek en een bont gekleurd jack.
De Cock kneep zijn ogen halfdicht en herkende Jacques Ver-

donk, alias Gaatjes Sjaak, een bedaagde inbreker die hij vele jaren geleden eens had gearresteerd op basis van zijn specifieke, zeer succesvolle werkwijze. Jacques Verdonk boorde bij zijn inbraken altijd gaten in de sponningen van ramen. Daarin stak hij een scharnierende stalen pen, waarmee hij aan de binnenzijde grendels kon openschuiven. Hij had er in penozekringen exclusief de bijnaam Gaatjes Sjaak aan overgehouden.
De inbreker stapte dreunend op De Cock af en liet zich op de stoel naast zijn bureau zakken.
De oude rechercheur keek naar de grote klok boven de toegangsdeur en blikte daarna opzij.
'Hoe later op de avond hoe schoner volk,' grapte hij.
Jacques Verdonk duimde over zijn schouder.
'Smalle Lowietje stuurt me.'
'En jij laat je sturen?'
Jacques Verdonk grijnsde.
'De Smalle vertelde mij dat jij belangstelling had voor Peter van der Zwaard... en voor jongens die wel eens door hem zijn belazerd.'
De Cock keek hem grijnzend aan.
'Zo'n jongen ben jij?'
Jacques Verdonk knikte.
'Smalle Lowietje zei dat jij de boter op mijn hoofd niet zou laten smelten.'
De Cock glimlachte.
'Heb je nog boter op je hoofd, Sjaak?'
Jacques Verdonk schudde zijn hoofd.
'Ik doe al jaren niks meer. Het is niet meer nodig. Ik heb een lief wijfje aan de hand met een goede baan. Zij gaat 's morgens vroeg de deur uit. Dan fiets ik een uurtje later met de stofzuiger door het huis, schud de bedden op en maak 's avonds wat lekkers voor haar klaar.'
'Een best leven.'
'Die wijven zijn gek met hun emancipatie. Ik verzeker je... huisman is een prachtig bestaan,' antwoordde Jacques grinnikend.
'En je gaatjespen?'
De ex-inbreker maakte een weids gebaar.
'Die bewaar ik voor slechtere tijden.'

De Cock knikte begrijpend.
'Hoe heb jij die Peter van der Zwaard destijds leren kennen?'
Jacques ademde diep.
'Hij... eh, hij kwam op een dag naar mij toe,' antwoordde hij aarzelend, 'en zei dat hij had gehoord dat ik nogal makkelijk ergens binnen kon komen.'
'Met je gaatjespen?'
'Precies. Hij wist ook hoe ik werkte. Iemand had hem blijkbaar iets in zijn oor gefluisterd.'
'En?'
'Na een inleidend babbeltje legde hij een tekening voor mij neer... een plattegrond van een villa in Blaricum. Hij vertelde mij dat in de woonkamer gelijkvloers, links van de open haard een ongesloten secretaire stond, waarin zich een verzameling oude munten bevond. En om die munten was het hem te doen.'
De Cock knikte begrijpend.
'Heb je aan Peter van der Zwaard gevraagd hoe hij zo zeker wist dat daar munten lagen?'
Jacques reageerde verrast.
'Waarom zou ik?'
De Cock negeerde het antwoord.
'Wat bood hij?'
'Hoe bedoelt u?'
De Cock grinnikte.
'Heb je geen deal gesloten? Je gaat toch niet zomaar voor niets op pad?'
'Peter van der Zwaard dacht dat de munten een bom duiten zouden opbrengen. Maar dat wist hij niet zeker. Hij moest ze eerst door een expert laten onderzoeken.'
'En daar ging jij mee akkoord?'
Jacques knikte.
'Onder voorwaarde dat in en om de villa geen extra obstakels waren.'
'Zoals?'
'Honden of beveiligingen waardoor ik mijn gaatjespen niet kon gebruiken.'
'Die obstakels waren er niet?'
'Nee. Het verliep allemaal gladjes. Geen centje pijn. Ik ben die nacht alles bij elkaar nog geen halfuurtje bezig geweest.'

Gaatjes Sjaak glimlachte.
'Thuis heb ik die munten eens goed bekeken. Ouwe troep. Ik had voor dat gammele zootje oud metaal nog geen stuiver gegeven.'
'Jij zag er de waarde niet van in?'
'Anders had ik ze zelf wel gehouden. Dan had Peter van der Zwaard naar zijn munten kunnen fluiten.'
De Cock plukte aan het puntje van zijn neus.
'Omdat jij er zelf niets in zag, bracht jij dat gammele zootje oud metaal, zoals afgesproken, naar Peter van der Zwaard.'
Jacques knikte.
'De volgende morgen ging ik ermee naar de Jeroenensteeg. Daar was ook een zogeheten expert aanwezig. Die bekeek de munten, trok zijn neus op en zei dat het niet was wat hij dacht. Hij gaf mij drie meier* voor de moeite en toen kon ik vertrekken.'
Het verweerde gezicht van Gaatjes Sjaak kleurde rood.
'Een dag later,' sprak hij met ingehouden woede, 'las ik in de krant dat die munten in Blaricum voor een vermogen waren verzekerd.'
De Cock keek hem gespannen aan.
'En toen?'
Jacques zwaaide wild met zijn rechterarm.
'Met die krant in mijn hand ben ik teruggegaan naar de Jeroenensteeg. Ik liet het bericht door Peter van der Zwaard lezen en zei dat ik meer poen moest hebben. Hij lachte mij vierkant uit en zei dat drie meier een redelijke beloning was voor zo'n simpel akkefietje.'
'Hoe was jouw reactie?'
'Ik heb die vent vervloekt.'
De Cock keek hem onnozel aan.
'Meer niet?' vroeg hij verwonderd.
'Wat moest ik?' schreeuwde Jacques verongelijkt. 'Ik kon moeilijk naar de politie stappen en zeggen dat Peter van der Zwaard mij met gejatte munten had belazerd. Later hoorde ik dat hij ook andere penozejongens een kunstje had geflikt.'
'Ik heb eens geïnformeerd. Volgens mijn berichten leeft hij nog.'

* Meier: Bargoens voor een bankbiljet van honderd gulden.

'Onbegrijpelijk.'
'Heb je na dat geval met die munten nog wel eens iets voor die Peter van der Zwaard gedaan?'
Jacques grinnikte.
'Ik ben wat dat betreft een koppige ezel.'
De Cock lachte.
'Je bedoelt dat je je niet twee keer aan dezelfde steen stoot.'
'Zo is het.'
'Heb jij ene Klaas Sonderlick gekend?'
Jacques keek hem verward aan.
'Klaas hoe...?'
'Klaas Sonderlick. Hij had een antiekwinkeltje in de Nieuwe Spiegelstraat.'
Jacques schudde zijn hoofd.
'Na dat geintje met die munten heb ik nooit meer iets in antiek gedaan.'
De Cock nam een kleine pauze en liet het gesprek nog eens aan zich voorbij trekken. Ineens verscheen een denkrimpel in zijn voorhoofd.
'Die drie meier... die kreeg je van die expert?' vroeg hij met een zweem van verwondering.
Jacques Verdonk knikte.
'Hij trok zijn portefeuille.'
'Waren die munten voor hem bestemd?'
'Daar leek het op.'
'Weet je wie die expert was?'
'Geen idee.'
'Hoe zag hij eruit?'
Jacques spreidde zijn handen.
'Een heer... zou ik zeggen... een echte heer... goed in het pak. Hij was die ochtend niet alleen. Hij had een dochter bij zich... een bloedmooie meid van een jaar of achttien.'

Toen De Cock de volgende morgen na een gezonde nachtrust opgewekt de grote recherchekamer binnenstapte, zat Vledder al achter zijn elektronische schrijfmachine en liet zijn rappe vingers over de toetsen dansen.
De oude rechercheur nam tegenover hem aan zijn bureau plaats en boog zich iets naar voren.

'Wat ben je aan het doen?'
Vledder wees naar het blad in zijn machine.
'Voor de Rijkspolitie te Water... een vriendelijk kattebelletje.'
De jonge rechercheur schoof de schrijfmachine van zich af. 'Ik heb gisteravond voor ik naar bed ging eens nagedacht.'
De Cock knikte hem bemoedigend toe.
'Heel goed als jonge mensen nadenken,' sprak hij half spottend.
Vledder zwaaide de opmerking weg.
'Die muntenexpert bij Peter van der Zwaard en zijn bloedmooie achttienjarige dochter... volgens mij waren dat de oude heer Van Nederveld en zijn dochter Evelien.'
'Een knappe gedachte.'
Vledder stak zijn kin iets naar voren.
'Het is zo gek niet. We weten dat de oude heer Van Nederveld relaties met Peter van der Zwaard onderhield. Ik ben het vanmorgen nagegaan. Die muntendiefstal in Blaricum is bijna dertien jaar geleden gepleegd. Evelien van Wezep-Van Nederveld loopt nu tegen de dertig. Het is heel goed mogelijk dat zij haar vader destijds bij die muntentransactie heeft vergezeld.'
De Cock knikte.
'De rol van de oude heer Van Nederveld wordt steeds dubieuzer,' sprak hij peinzend. 'Klaas Sonderlick is dood. Maar ik denk dat Peter van der Zwaard... als hij wil praten... ons aardig op streek zou kunnen helpen.'
'Kunnen we hem niet onder druk zetten?'
'Hoe?'
'Die muntendiefstal uit de villa in Blaricum. Uitlokking. Hij zette Gaatjes Sjaak tot inbraak aan.'
De Cock trok een bedenkelijk gezicht.
'Daar voel ik niets voor. Het betekent woordbreuk jegens Smalle Lowietje. Hij stuurde Gaatjes Sjaak in het vertrouwen dat ik niets tegen hem zou ondernemen. Bovendien is het is één tegen één. Jacques Verdonk contra Peter van der Zwaard. En als ik mij niet vergis, dan is strafvervolging ook niet meer mogelijk.'
'Waarom niet?'
'Dertien jaar geleden... de zaak is vrijwel zeker verjaard.'
De oude rechercheur staarde peinzend voor zich uit.
'Als ik Peter van der Zwaard aanpak, dan moet ik er zeker van zijn dat hij geen kant meer uit kan.'

De grijze speurder kwam van zijn stoel omhoog en slenterde naar de kapstok.
Vledder kwam hem na.
'Waar gaan we heen?'
De Cock draaide zich half om.
'Heemstede. Ik heb Afra Molenkamp de administratie laten omspitten naar dat oude proces-verbaal van die diefstal van antiek porselein.'
'Gestolen door Handige Henkie en waarvoor Klaas Sonderlick terzake heling werd veroordeeld?'
De Cock knikte.
'De benadeelde was ene Erik van Zuijderveen. Volgens mijn inlichtingen woont hij nog steeds op hetzelfde adres. Ik ben benieuwd of hij zich de oude heer Van Nederveld nog herinnert.'

In de zware toegangsdeur ging achter een koperen traliewerk een luikje open.
'Ja?' klonk het beverig.
De oude rechercheur deed een stap terug en nam zijn hoedje af.
'Mijn naam is De Cock met... eh, met ceeooceekaa,' sprak hij luid. Hij gebaarde opzij. 'En dat is mijn collega Vledder. Wij zijn rechercheurs uit Amsterdam, verbonden aan het bureau Warmoesstraat.'
'Wat wilt u?'
De Cock boog naar het luikje.
'Ik vind een conversatie via een getralied luikje niet aangenaam.'
Het luikje werd gesloten en de zware toegangsdeur zwaaide langzaam open. In de deuropening stond een oude heer, gehuld in een glimmend zwarte kamerjas.
'Ik ben voorzichtig,' kraakte hij, 'er is al eens een keer bij mij ingebroken.'
De Cock knikte.
'Dertien jaar geleden.'
De oude heer keek op.
'Dat weet u?' vroeg hij met verbazing.
De Cock glimlachte.
'Het is voor een rechercheur zaak om veel te weten. U bent de heer Erik van Zuijderveen. U bezat een prachtige verzameling

antiek porselein. Die is dertien jaar geleden uit uw huis ontvreemd.'
Van Zuijderveen knikte.
'Ik heb gehoord dat de zaak destijds is opgelost, maar van mijn verzameling heb ik nooit iets teruggezien. De verzekering heeft mij uitbetaald en ik heb inmiddels weer een aardige verzameling verworven.' De oude heer deed de deur verder open. 'Komt u binnen. Ik hoop dat de dader naar behoren is gestraft.'
De Cock dacht aan zijn vriend en ex-inbreker Handige Henkie en sjokte zwijgend achter de heer Van Zuijderveen aan naar zijn gezellige woonkamer. De oude heer wees naar een kring van fauteuils.
'De heren kunnen plaatsnemen,' bromde hij.
De Cock liet zich in een fauteuil zakken en legde zijn hoedje naast zich op de parketvloer.
'Wie wist in die jaren dat u zo'n prachtige verzameling antiek porselein bezat?'
Van Zuijderveen ging recht tegenover De Cock zitten en trok zijn schouders op.
'Waarvoor heeft men een verzameling... om die vol trots aan vrienden en kennissen te laten zien. Althans... zo ga ik met mijn verzameling om.'
De Cock knikte begrijpend.
'Bij die verzameling porselein die destijds van u werd gestolen, waren daar ook poppen bij.'
De ogen van de oude man begonnen te glinsteren.
'Prachtige exemplaren,' riep hij verrukt. 'Unieke poppenkoppen met een serene uitstraling, die niet alleen kinderen, maar ook bejaarden fascineert. Beeldschoon. Het is mij nooit gelukt om nog eens zo'n exemplaar te bemachtigen. En ik bezoek toch nog regelmatig belangrijke antiekveilingen.'
'Zegt u de naam Van Nederveld iets?'
Van Zuijderveen knikte.
'Een verzamelaar. Ik ontmoette hem op een antiekveiling in Amsterdam. Ik bood toen op een prachtige vaas van Chinees porselein met een kobaltblauw onderglazuur. Zeldzaam fraai. De vaas ging jammer genoeg aan mijn neus voorbij. Een poenerige vent bood als een krankzinnige. Het ging boven mijn budget.

Na afloop kwam die Van Nederveld naar mij toe, troostte mij dat ik de vaas niet had bemachtigd en vertelde dat ook hij in porselein was geïnteresseerd. Ik heb hem toen hier thuis mijn verzameling laten zien.'
De Cock grijnsde.
'Wij hebben sterk het vermoeden dat hij na zijn bezoek hier aan u een inbreker heeft opgedragen om uw verzameling te roven.'
Van Zuijderveen schudde zijn hoofd.
'Daar geloof ik niets van. Die Van Nederveld was een vriendelijke, innemende vent. Hij kwam hier met zijn dochter... een fraai geschapen kind. We hebben wat gedronken en gezellig gebabbeld. Ook na de inbraak heeft hij mij nog een paar maal bezocht.'
Van Zuijderveen zweeg even en schonk De Cock een meelijwekkend lachje.
'Rechercheur,' sprak hij vriendelijk, 'u moet zich vergissen.'

9

De rechercheurs reden met hun Golf uit het deftige Heemstede weg. De Cock keek naar de druppels die op de voorruit plensden. De oude rechercheur lachte vrolijk.
'Regen,' riep hij blij. 'Na veertien dagen van almaar aangekondigde depressies uit het Westen is er nu toch eindelijk eentje verdwaald.'
Vledder gromde.
'En bij Zandvoort stiekem ons land binnengedrongen.'
De jonge rechercheur deed de ruitenwissers aan.
'Onze vaderlandse weervoorspellers,' mopperde hij, 'doen volgens mij aan Russische roulette. Het is gewoon wachten of het schot afgaat.'
De Cock maakte een grimas.
'Niet zo somber,' sprak hij vergoelijkend. 'Soms klopt het.'
Vledder blikte opzij.
'Ik vind niet dat onze tocht naar Heemstede erg succesvol was.'
De Cock trok achteloos zijn schouders op.
'Het verhaal van Erik van Zuijderveen bevestigt de werkwijze die de oude heer Van Nederveld volgde. Zoals Mamma Bonardi van de pizzeria in de Hartenstraat al zei: Van Nederveld was een beminnelijk mens, die anderen snel voor zich innam.'
'Prototype van een oplichter.'
'Charme als wapen.'
Vledder grinnikte.
'Dat hij zich door zijn knappe dochter liet vergezellen was een handige truc. Zij nam alle argwaan bij de verzamelaars weg.'
De Cock knikte.
'Voor Van Zuijderveen was het onbestaanbaar dat Van Nederveld bij de diefstal van zijn antiek porselein was betrokken.'
Over het gezicht van Vledder gleed een glimlach.
'Rechercheur... u moet zich vergissen.'
'Ik heb het maar zo gelaten,' sprak De Cock berustend. 'Het had geen zin om zijn visie te veranderen.'
De oude rechercheur schudde zijn hoofd.
'Ik zie in die Erik van Zuijderveen ook geen moordenaar.'

'We hebben er uiteraard geen idee van hoeveel slachtoffers Van Nederveld in de loop der jaren heeft gemaakt. Er blijft altijd de mogelijkheid dat een benadeelde achteraf het beminnelijke masker van de oude heer met zijn dochter heeft doorzien.'
'En uit wraak tot moord overging?'
Vledder knikte.
'Het is het enige motief dat ik voor de moord op Van Nederveld kan bedenken.'
De Cock reageerde niet.
Een tijdlang reden ze zwijgend voort. De regen nam in hevigheid toe en Vledder zette de wissers in de tweede versnelling. De Cock had de ziekelijke neiging om de zwaaiende bewegingen met zijn ogen te volgen. Om aan de magische invloed van die voortzwiepende ruitenwissers te ontkomen, liet de oude rechercheur zich diep onderuitzakken en schoof de rand van zijn hoedje tot op de rug van zijn neus.
Plotseling drukte De Cock zich weer omhoog, schoof zijn hoedje terug en keek om zich heen.
'Waar ga je naar toe?'
ledder keek hem verwonderd aan.
'Terug naar de kit.'
De Cock schudde zijn hoofd.
'Rij naar het Prinseneiland.'
'Wat moeten we daar doen?'
De Cock gebaarde voor zich uit.
'In zo'n tot appartementen verbouwd pakhuis woont Evelien van Wezep-Van Nederveld.'
'En?'
De Cock liet zich weer onderuitzakken.
'Ik wil weten in hoeverre zij van de praktijken van haar vader op de hoogte was.'

'Kolder.'
Evelien van Nederveld zwaaide afwerend. Haar lange blonde haren dansten over haar schouders en haar helgroene ogen flikkerden kwaadaardig. Met een blik vol haat keek ze De Cock aan.
'Kolder,' herhaalde ze vurig. 'Vuige laster. Een misselijke po-

ging om de nagedachtenis aan mijn vader te bezoedelen.'
De Cock maakte een verontschuldigend gebaar.
'Ik vertel u,' sprak hij rustig, 'wat onze nasporingen hebben opgeleverd.'
Evelien van Nederveld snoof verachtelijk.
'Ik weet niet uit welke bronnen uw bedenkelijke informaties afkomstig zijn, maar uw beroep in overweging genomen, zijn het ongetwijfeld insinuaties van onbetrouwbare onderwereldfiguren.'
De Cock glimlachte.
'U hebt gelijk. Maar soms verkrijg ik via "onbetrouwbare onderwereldfiguren" nuttige inlichtingen.'
'U vindt hun... eh, hun bedenkelijke informaties nuttig?' brieste Evelien.
De Cock knikte traag.
'Nuttig om enig inzicht te krijgen in het hoe en waarom van uw vaders dood.'
Het gezicht van Evelien van Nederveld kleurde rood.
'U staat toe,' krijste ze met overslaande stem, 'dat onderwereldfiguren de naam van mijn vader door het slijk halen. Dat is laag, gemeen. De man is dood... kan zich niet meer verweren.'
De oude rechercheur strekte zijn rechterarm naar haar.
'Ik wil u er even op wijzen,' sprak hij ernstig, 'dat u degene was die opperde dat uw vader vorig jaar niet was verdronken, maar vermoord. Ons onderzoek naar de dood van uw vader geschiedt op basis van uw bedenkingen. En als daarbij zaken aan het licht komen die u blijkbaar niet welgevallig zijn, dan treft ons geen blaam.'
Evelien van Nederveld schudde haar hoofd.
'Ik heb u niet aangeraden om in zijn leven te wroeten. Dat is ook niet nodig. Ik heb u gezegd wie verantwoordelijk zijn voor zijn dood.'
De Cock knikte traag.
'Moeder en broer Gerard.'
'Precies.'
'En het motief?'
'Motief?' riep Evelien geëmotioneerd. 'Motief? Die twee hadden geen motief nodig. Ze wilden hem gewoon kwijt.'
De Cock trok een bedenkelijk gezicht.

'Dat is mij te vaag.'
Evelien van Nederveld reageerde niet meer. Ze sloot haar ogen en liet haar hoofd zakken.
Haar blonde haren gleden als een gordijn voor haar gezicht. De Cock wachtte geduldig tot ze haar hoofd weer ophief.
'In uw optie,' ging hij rustig verder, 'was uw vader een verwoed, maar eerzaam verzamelaar.'
'Exact.'
'Dat hij betrokken zou zijn bij diefstallen van antiekverzamelingen noemt u...'
'Kolder,' vulde ze aan.
De Cock knikte begrijpend.
'Uit ons onderzoek is gebleken dat u uw vader dikwijls vergezelde wanneer hij bij verzamelaars op bezoek ging?'
Over het gezicht van Evelien van Nederveld gleed een moede glimlach.
'Vader was erg op mij gesteld,' antwoordde ze zacht. 'Hij was beretrots op zijn... eh, zijn mooie dochter en wilde graag dat ik met hem meeging. Jouw nabijheid, zei hij altijd, vijzelt mijn aanzien op... dan kunnen de mensen aan jou zien wat ik heb gepresteerd.'
'Aan uw moeders aandeel bij uw... eh, totstandkoming ging hij achteloos voorbij?'
Het gezicht van Evelien van Nederveld versomberde.
'Die twee hadden nooit moeten trouwen. Het huwelijk heeft hen beiden alleen maar ellende en verdriet gebracht.'
De Cock negeerde de opmerking.
'Vond u het leuk om met uw vader op pad te gaan?'
Evelien knikte.
'Toen ik tiener was vond ik het interessant om met vader bij mensen op bezoek te gaan. Verzamelaars zijn vaak excentrieke figuren. Het fascineerde mij hun interieur te zien.'
'En na uw tienertijd?'
Evelien trok haar schouders op.
'Ik leerde Eduard kennen. Toen had ik minder tijd om met vader mee te gaan.'
'Uw vader had geen bezwaar tegen uw omgang en huwelijk met Eduard van Wezep?'
Evelien schudde haar hoofd.

'Integendeel. Hij heeft Eduard aan mij voorgesteld. Hij moedigde onze vriendschap aan.'
'In tegenstelling tot uw broer Gerard.'
'Gerard,' siste Evelien, 'is een zebrapad. Je denkt dat je er veilig op kunt lopen totdat je door een auto wordt geschept.'
De Cock nam een pauze. De grijze speurder liet zijn scherpe blik door de sfeervol ingerichte woonkamer dwalen en ontdekte een mengeling van stijlen. Links aan de wand stond een Noord-Nederlandse kast uit de renaissance en rond een stoere Duitse tafel uit de barok stonden vier fragiele biedermeierstoelen. Op een console ontdekte hij een Nederlandse pauwenvaas uit de Jugendstiltijd. De zware eiken balken van het oorspronkelijke pakhuis aan het plafond gaven aan het geheel een extra dimensie.
De Cock zwaaide om zich heen.
'Uw interesse in antiek is een geestelijke erfenis van uw vader?'
Evelien knikte.
'Ik zal wel een tic van hem hebben meegekregen. Maar antieke voorwerpen oefenen ook op Eduard een sterke aantrekkingskracht uit. Veel van wat u hier ziet heeft hij gekocht.'
De Cock schonk haar een beminnelijke glimlach.
'Ik heb uw man nog niet mogen ontmoeten.'
Evelien maakte een verontschuldigend gebaar.
'Ik kan hem tot mijn spijt niet aan u voorstellen. Eduard is op zijn kantoor.'
'Handelsman?'
Evelien schudde haar hoofd.
'Verzekeringen. Eduard verzekert alles.'
'Inboedels?'
'Zeker.'
'Kostbare antiekverzamelingen?'
Evelien antwoordde niet direct. Uit haar helgroene ogen schoot een vernietigende blik en haar neusvleugels trilden.
'Ook,' brieste ze. 'Ook kostbare antiekverzamelingen.'

Via de Galgenstraat verlieten ze het Prinseneiland en reden over de Grote Bickersstraat, de Zandhoek en Bokkinghangen naar de Westerdoksdijk. Het regende nog steeds, fel, als uit een wolkbreuk. Over het water van het IJ hing een grijze sluier.

Vledder klapte met zijn vuist op de rand van het stuur.
'Ik snap er geen jota van. Evelien van Nederveld blijft vasthouden aan haar idee-fixe, dat Gerard en haar moeder haar vader hebben omgebracht.'
De jonge rechercheur blikte opzij.
'Waarom heb jij de dood van haar moeder niet ter sprake gebracht?' sprak hij beschuldigend. 'Waarom heb je haar niet gezegd dat ook zij werd vermoord? Misschien was ze dan tot andere gedachten gekomen.'
De Cock gleed met zijn pink over de rug van zijn neus.
'En jij?'
'Wat bedoel je?'
'Brengt de gewelddadige dood van de weduwe Van Nederveld jou niet op andere gedachten?'
Vledder antwoordde niet direct. Na enige tijd verscheen op zijn jong gezicht een milde grijns.
'Jij... eh, jij brengt mijn overtuiging,' sprak hij traag, 'niet aan het wankelen, dat het motief voor de moord op het echtpaar Van Nederveld buiten de familiesfeer ligt.'
De jonge rechercheur snoof verachtelijk.
'De hysterische beschuldigingen van Evelien raken mij niet. Bovendien begint de verering voor haar overleden vader groteske vormen aan te nemen. Nog even en er zweeft als bij een heilige een aureool van onschendbaarheid boven zijn hoofd.'
De Cock schudde afkeurend zijn hoofd.
'Hoe kom je daarbij?'
'Wij weten toch,' riep Vledder opgewonden, 'dat hij er louche praktijken op na hield. Ik geloof Handige Henkie en Gaatjes Sjaak. Zij hadden geen enkele reden om ons voor te liegen.'
De Cock knikte instemmend.
'Hoe... eh, hoe zie jij in dat verband de moord op mevrouw Van Nederveld?' vroeg hij belangstellend.
'Als een causaal verband,' antwoordde Vledder fel. 'Als wij eenmaal het motief voor de moord op de oude heer Van Nederveld kennen, dan weten we ook door wie en waarom zijn vrouw is vermoord.'
De Cock reageerde niet. Hij drukte zich omhoog en staarde in gedachten verzonken strak voor zich uit. Na een poosje draaide hij zich naar Vledder.

'Heb jij nog iets gedaan met het briefje waarop mijn naam staat, dat in de mantelzak van de oude mevrouw Van Nederveld werd gevonden?'
De jonge rechercheur knikte.
'Ik heb het aan Gerard van Nederveld laten zien.'
'En?'
'Hij herkende het handschrift niet. Het was in ieder geval niet het handschrift van zijn moeder. Ook begreep hij niet wat het te betekenen had. Hij had nooit gehoord dat zijn moeder belangstelling had voor ene rechercheur De Cock... met ceeooceekaa.'
De grijze speurder liet het onderwerp rusten.
'Zou die Eduard van Wezep ons kunnen helpen?' vroeg hij plotseling.
Vledder keek hem van terzijde verwonderd aan.
'Hoe?'
'Misschien kan hij ons de namen en adressen bezorgen van verzamelaars aan wie hij als verzekeraar de afgelopen jaren schadevergoedingen heeft uitbetaald.'
De blik van Vledder verhelderde.
'Omdat van die verzamelaars bij inbraak hun antiekverzameling was ontvreemd?'
De Cock knikte.
'Nadat de oude heer Van Nederveld bij hen op bezoek was geweest.'
Vledder reageerde enthousiast.
'En wellicht is onder hen iemand die jegens Van Nederveld terecht een wrok koesterde.'
'Juist.'
Vledder keek de grijze speurder bewonderend aan.
'Soms heb jij briljante ideeën.'
De Cock glimlachte voor zich uit.

Vledder parkeerde de Golf op de steiger achter het politiebureau. De rechercheurs stapten uit en slenterden door de regen via de Oudebrugsteeg naar de Warmoesstraat.
Vergenoegd blikte De Cock omhoog naar het grauwe wolkendek. Hij was dankbaar. De gestaag plenzende regen dreef de hitte en stank uit de smalle straten van de oude binnenstad.

De oude rechercheur trok de kraag van zijn regenjas omhoog, schoof zijn hoedje iets naar voren en likte met het puntje van zijn tong een malse regendruppel van zijn bovenlip.
Toen ze de hal van het politiebureau binnenstapten, wenkte Jan Kusters hen van achter de balie. De Cock liep op hem toe en monsterde de expressie op zijn gelaat.
'Narigheid?'
De wachtcommandant trok een vies gezicht.
'Ik krijg net het bericht van de Rijkspolitie te Water. Ze hebben weer een lijk opgevist.'
'Waar?'
'Het open havenfront. Opper Vermeulen dacht dat jij wel belangstelling zou hebben.'
De Cock ploegde een denkrimpel in zijn voorhoofd.
'Heeft Opper Vermeulen nog gezegd waarom hij meende dat ik belangstelling zou hebben?'
Jan Kusters knikte.
'Volgens Opper Vermeulen was de man niet verdronken.'
De Cock trok een grijns.
'Maar vermoord.'

Hij lag languit op zijn rug in het gangboord van een ranke surveillance-motorboot van de Rijkspolitie te Water. Het schelle licht van een schijnwerper hield het wasbleke gezicht gevangen. Regendruppels kletterden in zijn dode ogen. Een stroompje water gleed uit zijn kleren, verdween door een spleet in de reling.
Met zijn handen diep in de steekzakken van zijn oude regenjas keek De Cock vanuit de hoogte secondenlang op hem neer. Daarna nam hij zijn handen uit zijn zakken, hield zich aan de reling vast en hurkte in het smalle gangboord. Zijn oude stramme knieën gaven hoorbaar een protest. Om aan de starende blik van de dode te ontkomen, drukte hij met zijn rechterhand de oogleden toe. Daarna bezag hij de hals, maar kon geen sporen van strangulatie ontdekken.
Vledder hijgde in zijn nek.
'Maurice van Nederveld.'
Vledder kauwde op zijn onderlip.
'In ieder geval één van de tweeling. Het kan ook Marcel zijn.

Volgens Maurice leken ze als twee druppels water op elkaar.'
De grijze speurder kwam weer omhoog, wierp nog een korte blik op de dode en stapte van de zacht deinende surveillanceboot op de wallekant.
Vledder volgde.
Opper Vermeulen liep op De Cock toe.
'Ik dacht dat u wel belangstelling had. Het lijk had dezelfde verschijnselen als bij die oudere vrouw een paar dagen geleden.'
De Cock knikte begrijpend.
'Zijn rug lag te hoog uit het water.'
Over het gezicht van Opper Vermeulen gleed een moede glimlach.
'Ik heb in mijn lange loopbaan bij de Rijkspolitie te Water zoveel lijken uit het water gevist, dat ik er wel een beetje kijk op heb.'
'U denkt aan moord?'
Opper Vermeulen knikte traag.
'Absoluut.'
De rijkspolitieman zweeg even.
'Ik weet niet wie hij is. Ik heb geen legitimatiepapieren bij hem kunnen vinden.'
De Cock schudde zijn hoofd.
'Dat is niet nodig.'
Opper Vermeulen keek hem verwonderd aan.
'U kent hem?'
De Cock knikte.
'Een van een tweeling. Hun naam is Van Nederveld.'
De mond van Opper Vermeulen zakte langzaam open.
'Van Nederveld? Alweer Van Nederveld? Is men bezig die familie uit te roeien?'
De Cock zuchtte diep.
'Daar lijkt het op.'

10

Vanaf de Westerdoksdijk liep dokter Den Koninghe met korte driftige pasjes het terrein van de Rijkspolitie te Water op. Hij werd gevolgd door twee broeders van de Gemeentelijke Geneeskundige Dienst met hun onafscheidelijke brancard. Ze torenden hoog boven de kleine lijkschouwer uit.
Met zijn beminnelijkste glimlach op zijn lippen, liep De Cock op de dokter toe en schudde hem hartelijk de hand. 'Ik ben blij u weer te ontmoeten,' sprak hij vormelijk.
De kleine lijkschouwer keek omhoog en schudde zijn hoofd.
'Ik niet,' sprak hij knorrig. 'Het spijt me, De Cock, maar ik ben nooit zo blij als ik jou zie.'
De grijze speurder trok een verongelijkt gezicht. Hij schoof de mouw van zijn regenjas iets terug en keek op zijn horloge.
'Het is even over negenen,' sprak hij verontschuldigend. 'Een redelijke tijd. De vorige keer liet ik u midden in de nacht opdraven.'
De dokter blikte naar de hemel en vandaar naar het water van het IJ, dat schuimkoppend opspatte.
'Het lijkt ook nu wel nacht,' gromde hij. 'Ik denk dat die beloofde depressies uit het Westen nu allemaal tegelijk op ons afstormen.'
De Cock had geen lust in een gebruikelijk weerpraatje. Hij liep voor de lijkschouwer uit.
'Het is nu een man,' gaf hij uitleg. 'Opper Vermeulen, die het lijk heeft opgevist, zegt zoals de vorige keer, dat het slachtoffer met zijn rug iets te hoog boven het water dreef. Hij vermoedt dat er lucht in zijn longen is achtergebleven.'
'Heeft de sectie hem de vorige keer gelijk gegeven?'
De Cock knikte.
'Absoluut. Ook u had gelijk. Dokter Rusteloos vond inderdaad gebroken kraakbeenringetjes in de luchtpijp van de vrouw.'
'Verwurging. De symptomen wezen er op.'
'Vermoedelijk met een sjaal.'
Dokter Den Koninghe keek naar hem op.
'Ben je inmiddels al iets verder gekomen met je onderzoek naar haar dood?'

De Cock schudde zijn hoofd.
'Het is nogal gecompliceerd,' antwoordde hij somber. 'En ik vind geen motief.'
De oude lijkschouwer snoof.
'Rechercheurs willen altijd een motief,' reageerde hij vinnig. 'Vaak slachten de mensen elkaar gewoon voor de lol af.'
De Cock trok zijn gezicht strak.
'Dan is "lol" het motief,' sprak hij cynisch.
De grijze speurder hielp de lijkschouwer bij het opstapje naar de deinende surveillanceboot, maar bleef zelf aan de wallekant staan. Van een afstandje keek hij toe hoe dokter Den Koninghe in de gutsende regen het slachtoffer onderzocht. Het duurde dit keer langer dan gewoonlijk.
Eerst na een minuut of vijf kwam de oude lijkschouwer uit het gangboord omhoog. De Cock steunde hem bij het overstapje naar de wal.
Met precieze bewegingen nam de dokter zijn bril af, pakte zijn pochet uit het borstzakje van zijn jacquet en poetste zijn glazen. Het was bij de stromende regen een zinloze handeling.
'Hij is dood,' sprak hij laconiek.
De Cock knikte met een strak gezicht.
'Dat begreep ik,' reageerde hij simpel.
De lijkschouwer gebaarde in de richting van de dode in het gangboord van de surveillanceboot.
'De Opper krijgt opnieuw gelijk.'
'Lucht in zijn longen?'
De dokter knikte.
'Dokter Rusteloos moet zijn longen maar eens goed bekijken. Ook zijn hals. Volgens mij zijn er ook nu in de luchtpijp kraakbeenringetjes gebroken.'
De lijkschouwer zweeg even.
'Er is nog iets vreemds. De jongeman heeft een fikse vleeswond aan zijn borst. Vermoedelijk een steek met een stiletto of dolk.'
De Cock fronste zijn wenkbrauwen.
'Een steekwond?'
'De wond is stuntelig... ondeskundig verbonden met verbandgaas en pleisters. En niet gedesinfecteerd. De kleur van het

wondvocht op het verbandgaas duidt op een ontsteking.'
De Cock wiste met zijn vlakke hand het regenwater van zijn gezicht.
'Hoe... eh, hoe oud is die wond?'
Dokter Den Koninghe antwoordde niet. Zonder iets te zeggen liep hij van hem weg. Na enige stappen draaide hij zich half om.
'Enkele dagen... schat ik.'
Daarna liep hij door.
De Cock keek hem met gemengde gevoelens na. Toen de oude lijkschouwer uit zijn gezichtsveld was verdwenen, wenkte hij de broeders van de Geneeskundige Dienst. Ze tilden het slachtoffer uit het gangboord en legden de dode op het canvas van de brancard. Voordat zij een laken over hem heen drapeerden, riep de grijze speurder zijn jonge assistent naderbij en wees naar het kostuum dat de dode droeg.
'Hoe noem jij die kleur?'
Vledder keek hem niet-begrijpend aan.
'Donkergrijs.'
'En de kleur van zijn haar?'
'Blond... donkerblond.'
De Cock knikte. Daarna wendde hij zich tot de oudste van de twee broeders.
'Laat hem zijn kleding aanhouden. Leg hem zo maar in de koeling.'
De broeder trok een bedenkelijk gezicht.
'Liever niet.'
'Waarom niet?'
'Dan moppert dokter Rusteloos morgen dat het lijk nog gekleed is?'
De Cock glimlachte.
'We zullen dokter Rusteloos zeggen,' sprak hij geruststellend, 'dat het op ons uitdrukkelijk verzoek gebeurde.'
Na de dode met een laken te hebben bedekt, sloegen de broeders de canvasflappen dicht, sjorden de riemen vast en droegen de dode zacht wiegend weg.
De Cock nam ondanks de felle regen zijn vilten hoedje af. De dood, zo vond hij, verdiende eerbied. Toen het rode achterlicht van de ambulancewagen door de nevel was opgeslokt, zette hij

zijn hoedje weer op en wendde zich tot Vledder.
'Heb jij nog de namen van die twee verbouwereerde dienders die een lijk uit de Paternostersteeg zagen weglopen?'
'Die heb ik.'
'Trommel ze op en ga met hen naar Westgaarde voor een confrontatie.'
Vledder keek hem verrast aan.
'Jij denkt, dat... eh, dat...'
De Cock onderbrak hem knikkend.
'Inderdaad, dat denk ik.'

Vledder liet zich met een diepe zucht op zijn stoel achter zijn bureau zakken. Zijn gezicht zag rood en zijn blonde haren hingen verward langs zijn hoofd.
De Cock keek hem onderzoekend aan.
'Wat is er?'
Vledder zuchtte opnieuw.
'Wat een consternatie.'
'Op Westgaarde?'
Vledder knikte.
'Die twee jonge agenten hadden gelukkig dienst. Ze reden op mijn verzoek in hun eigen surveillancewagen achter mij aan. Onderweg bedacht ik dat ik gelijk wel een wettelijke herkenning kon arrangeren.'
'Voor het verlof tot begraven na de sectie?'
Vledder grijnsde.
'Het kon in een moeite door, dacht ik.'
'En?'
Vledder gebaarde.
'Ik reed met die jonge dienders achter mij naar de President Kennedylaan, naar het adres dat Maurice van Nederveld destijds aan mij had opgegeven. Ik trof hem thuis en vroeg hem of hij bereid was om mee te werken aan een identificatie van een dodelijk slachtoffer.'
'Hoe reageerde hij?'
'Hij trok direct zijn regenjas aan en stapte bij mij in de Golf.'
De Cock keek hem verrast aan.
'Vroeg hij niets... hoe en waarom... wat voor een slachtoffer het was?'

Vledder schudde zijn hoofd.
'Ook onderweg heeft hij geen woord met mij gewisseld. Ik heb hem ook niets gezegd of gevraagd.'
'Vreemd.'
'Dat vond ik ook.'
'En verder?'
Vledder spreidde zijn handen.
'De Kennedylaan is niet zo ver van Amstelveen.'
'Broer Gerard in de Camera Obscuralaan.'
Vledder knikte.
'Ook hij was thuis en zegde zonder morren zijn medewerking toe.'
De jonge rechercheur ademde diep.
'Voor de zekerheid liet ik hem bij de jonge dienders in de surveillancewagen plaatsnemen.'
De Cock glimlachte.
'Ik heb jou nog nooit zoveel eigen initiatieven zien ontplooien,' sprak hij bewonderend.
Het gezicht van Vledder betrok.
'In Westgaarde ging het hopeloos mis. Met behulp van die twee dienders haalde ik het lijk van vanavond uit het koelvak. We legden hem op de sectietafel. De beide dienders herkenden hem onmiddellijk als de man die zij voor dood in de Paternostersteeg hadden aangetroffen en daarna van hen wegliep. Na deze confrontatie liet ik de broers binnenkomen.'
'Tegelijk?'
'Ja.'
De Cock kneep zijn ogen even dicht.
'Stom... stom.'
Vledder knikte traag voor zich uit.
'Dat was het. Stom. Ondoordacht. Dat had ik nooit moeten doen.'
'Wat gebeurde er?'
'Aanvankelijk niets. Secondenlang staarden beide broers naar het lijk op de sectietafel. Beiden leken versteend. Maar ineens, zonder enige aanleiding, stormde Maurice op Gerard af en greep hem bij zijn keel.'
'Een wurgpoging.'
Vledder knikte.

'Inderdaad. Als wij niet tussenbeide waren gekomen, had hij hem ter plekke vermoord.'
'Die indruk had je?'
Vledder slikte.
'Absoluut. Maurice van Nederveld was gewoon buiten zinnen. Zijn ogen rolden in zijn kop en het schuim stond op zijn mond. Hij schold Gerard uit. "Moordenaar," riep hij. "Moordenaar, dit is al de derde die je van het leven hebt beroofd." Hij gilde... was niet tot bedaren te brengen.'
De jonge rechercheur maakte een vermoeid gebaar.
'Ik liet Gerard van Nederveld door de beide jonge dienders afvoeren. "Breng hem maar terug naar Amstelveen," zei ik.'
Vledder liet zich achterover zakken. Met een droevige grijns op zijn gezicht schudde hij zijn hoofd.
'Dat was ook fout,' sprak hij somber. 'Dat had ik niet in het bijzijn van Maurice moeten zeggen. Hij vloog onmiddellijk op mij af... trommelde met zijn beide vuisten als een bezetene op mijn borst. "Ben je helemaal gek geworden?" schreeuwde hij. "Laat je hem gaan? Sluit die vent in... sluit hem in... voor hij ons allemaal uitroeit." Daarna stortte hij zich op het lijk van zijn broer en begon te snikken.'
De Cock keek zijn jonge collega met een blik vol medelijden aan.
'Inderdaad... consternatie.'
Vledder boog zich weer iets naar voren.
'Het is mijn eigen schuld. De hele enscenering was fout. Ik heb de situatie in Westgaarde geen moment onder controle gehad.'
Zijn gezicht betrok. In een plotselinge explosie van woede, sloeg de jonge rechercheur met zijn vuist op de rand van zijn bureau. 'Je moet in dit gore beroep ook waarachtig aan alles denken.'
De Cock liet hem begaan. Hij begreep hoe zijn jonge collega zich voelde.
'Wat heb je met Maurice van Nederveld gedaan?' vroeg hij na een poosje.
'Meegenomen.'
'Meegenomen?'
'Ja.'
'Waarheen?'

'Hier naar de kit. Hij zit in de wachtkamer. Jan Kusters praat op hem in.'

De Cock keek naar Maurice van Nederveld, die op de stoel naast zijn bureau had plaatsgenomen. De jongeman zag er verfomfaaid uit. Zijn jack was gescheurd en over zijn wang liep een rode striem.
'Hoe voelt u zich?'
'Belabberd.'
De Cock glimlachte om het antwoord.
'Dat gaat wel weer over.'
Maurice van Nederveld kneep even zijn ogen stijf dicht. Het was een uitdrukking van diepe smart. Zijn onderlip trilde.
'Marcel... Marcel is dood,' stamelde hij.
De Cock knikte traag.
'Net als uw vader en moeder... gevist uit het water van het open havenfront.'
Maurice keek met een betraand gezicht naar hem op.
'Wat is er met onze familie aan de hand?' riep hij verdrietig. 'Hebben we Gods toorn opgewekt?'
'U bent gelovig?'
Maurice schudde zijn hoofd.
'Niet erg. Maar als iets vreselijks je overkomt, denk je toch aan een opperwezen.'
De Cock liet het onderwerp rusten.
'Hoe kwam Marcel aan die wond aan zijn borst?'
Maurice liet zijn hoofd iets zakken.
'Marcel was homofiel.'
'En u?'
Maurice schudde zijn hoofd.
'Ik niet. Het heeft ook lang geduurd voor ik wist dat Marcel homofiel was. Op straat kwamen wel mannen op mij toe die mij aanspraken en mij Marcel noemden. Wanneer ik dan zei dat ik niet Marcel was, maar Maurice, dan liepen ze bij mij weg. Verontschuldigend.'
'Dat vond u vreemd?'
Maurice knikte.
'Toen ik Marcel daar eens over aansprak, vertelde hij mij dat hij homofiele contacten had.'

De Cock veinsde onbegrip.
'Wat heeft het feit dat Marcel homofiel was, met die wond aan zijn borst te maken?'
Maurice aarzelde. Hij keek omlaag en antwoordde toen:
'Marcel zocht wel eens vluchtige contacten. Dan ging hij de stad in... plekken waar homofielen elkaar ontmoeten. Een paar dagen geleden kwam hij meer dood dan levend thuis. Midden in de nacht. Hij maakte mij wakker en liet die wond aan zijn borst zien.
Hij vertelde dat hij in een donkere steeg stond te pissen, toen plotseling een wildvreemde man op hem afkwam en hem zonder iets te zeggen met een dolk in zijn borst stak. Marcel dacht dat hij kort daarna het bewustzijn had verloren. Toen hij weer bijkwam, stonden er een paar agenten in de steeg.'
De Cock knikte.
'Marcel stond op en liep weg.'
Maurice keek verrast op.
'Dat wist u?'
De Cock schudde zijn hoofd.
'Ik wist niet dat het slachtoffer Marcel was, maar het voorval stond wel in het politierapport.'
Maurice ademde diep.
'Marcel hield het feit dat hij homofiel was zoveel als doenlijk verborgen. Hij wilde geen aangifte doen van die messteek. Hij weigerde ook om die wond door een arts te laten verzorgen. "Het geneest wel weer," zei hij.'
Maurice schudde zijn hoofd.
'Zo was Marcel,' ging hij verder, 'erg gesloten. Hij was mijn tweelingbroer. Men zegt dat tweelingen altijd een goed geestelijk contact met elkaar hebben. Bij Marcel en mij was dat niet zo. Hij maakte mij zelden deelgenoot van zijn gedachten.'
De Cock gebaarde in zijn richting.
'Jullie woonden toch samen?'
'Ja.'
'Wanneer hebt u uw broer Marcel voor het laatst in leven gezien.'
'Enige dagen geleden.'
'Zei hij waar hij heen ging?'
'Dat deed Marcel nooit. Het verbaasde mij ook niet dat hij een

paar nachten van huis bleef. Dat gebeurde wel meer.'
'Wisten uw ouders dat Marcel homofiel was?'
'Nee.'
'Evelien... Gerard?'
Maurice trok een bedenkelijk gezicht.
'Misschien hebben ze wel eens iets gemerkt. Maar er is nooit over gesproken.'
De Cock wreef met zijn vlakke hand over zijn breed gezicht. Het was een gebaar om tijdwinst.
'U... eh, u bent vanavond,' ging hij aarzelend verder, 'tijdens de confrontatie op Westgaarde nogal tekeergegaan. Mijn collega Vledder vertelde mij dat hij de grootste moeite had om u van een moord te weerhouden.'
Maurice liet zijn hoofd weer zakken.
'Ik was buiten zinnen van woede. Ondanks zijn gesloten karakter was ik erg op Marcel gesteld. Als kind waren wij onafscheidelijk.'
De Cock keek hem schuins onderzoekend aan.
'U... eh, u moet toch wel de absolute overtuiging hebben dat jullie oudste broer Gerard voor de dood van Marcel verantwoordelijk is? Hoe... eh, hoe kan ik anders uw poging tot moord verklaren?'
Maurice zuchtte diep.
'Ik weet niet of ik hem echt zou hebben gewurgd, maar op het moment dat het tot mij doordrong dat Marcel nooit meer zou leven, was ik er wel toe in staat.'
De Cock schudde zijn hoofd.
'Dat is geen antwoord op mijn vraag,' reageerde hij streng. 'Ik wil van u weten waar die absolute overtuiging dat Gerard betrokken is bij de dood van Marcel op stoelt?'
Maurice gleed met zijn linkerhand langs zijn nek. 'Het is... eh, het is gegroeid,' antwoordde hij traag. 'Toen Evelien mij vertelde dat zij vermoedde dat moeder en Gerard betrokken waren bij de dood van vader, heb ik die gedachte verworpen. Het leek mij waanzinnig. Absurd.'
De Cock knikte begrijpend.
'Wat deed u van gedachten veranderen?'
Maurice antwoordde niet. Hij sloeg zijn handen voor zijn gezicht.

De Cock boog zich iets naar hem toe.
'Wat deed u van gedachten veranderen,' herhaalde hij dwingender.
Maurice nam zijn handen van zijn gezicht weg.
'Gerard wil de kostbare verzameling van vader niet met ons delen. Hij wil die alleen voor zichzelf. Daarom moordt hij ons een voor een uit.'
De Cock kneep zijn wenkbrauwen bijeen.
'Waarop baseert u dat?'
'Gerard heeft al pogingen gedaan om de verzameling van vader aan een louche handelaar te verkopen.'
'Een louche handelaar?'
Maurice knikte.
'Peter van der Zwaard.'

11

Vledder stapte de grote recherchekamer binnen, pakte de stoel naast het bureau van De Cock en ging er omgekeerd op zitten. De jonge rechercheur duimde over zijn schouder.
'Ik heb het beneden gehoord hoe je met Jan Kusters belde... je hebt Maurice van Nederveld naar huis laten brengen.'
'Ja.'
'Leg je hem niets ten laste?'
'Wat?'
'Poging tot moord op zijn broer.'
De Cock schudde zijn hoofd.
'Daar voel ik in principe niets voor,' bromde hij. 'Ik denk ook niet dat broer Gerard aangifte zal doen. En doet hij dat toch, dan kunnen we de zaak alsnog op papier zetten.'
Vledder grijnsde.
'Je had hem toch geen taxirit behoeven aan te bieden... compleet met politiebegeleiding?'
De Cock keek zijn jonge collega verwijtend aan.
'Je moet in ons vak menselijk blijven,' sprak hij vermanend. 'Dat loont op den duur. Maurice van Nederveld zag er tamelijk toegetakeld uit... een schram over zijn gezicht, gescheurde kleren. Ik kon hem zo verfomfaaid niet over straat laten gaan.'
Vledder bromde.
'Dat is zijn eigen schuld. Maurice van Nederveld is een potige jongen. We konden hem in Westgaarde nauwelijks in bedwang houden. Het werd een robbertje vrij worstelen... catch-as-catch-can. Ik heb er een gekneusde schouder aan overgehouden.'
De Cock blikte hem van terzijde schattend aan.
'Het zal wel meevallen.'
Vledder legde zijn rechterhand op zijn linkerschouder en bewoog zijn arm op en neer. 'Ik kan er nog wel een vork mee vasthouden,' stelde hij cynisch vast.
De Cock glimlachte.
'Ik heb je bij het verhoor gemist.'
Vledder schonk hem een moede grijns.
'Ik wilde er niet bij zijn. Ik had nog de pest in mijn lijf over zijn

gedrag op Westgaarde. Daarom ben ik bij de wachtcommandant gaan zitten. Dat leek mij beter. Ik dacht dat mijn aanwezigheid bij het verhoor alleen maar storend zou werken.'
De Cock keek hem bewonderend aan.
'Verstandig.'
'Heeft het verhoor nog iets opgeleverd?'
De Cock knikte traag.
'Volgens Maurice was zijn broer Marcel homofiel en zocht hij in de binnenstad vaak vluchtige contacten.'
Vledder grijnsde.
'Dat verklaart zijn aanwezigheid in die nacht in de Paternostersteeg.' De jonge rechercheur trok een denkrimpel in zijn voorhoofd. 'Hoe kwam hij aan die wond op zijn borst?'
De Cock zuchtte.
'Een onbekende man kwam in de donkere steeg op hem toe. Marcel dacht dat de man toenadering zocht. Maar onverhoeds stak hij hem met een dolk.'
Vledder trok een vies gezicht.
'Zomaar?'
De Cock trok zijn schouders op.
'Dat was alles wat Maurice mij over het voorval kon vertellen. Marcel was, zo zei hij, een man met een gesloten karakter, die weinig over zichzelf losliet en het feit dat hij homofiel was zoveel als doenlijk voor anderen verborg.'
Vledder knikte begrijpend.
'Wat zei Maurice over zijn wurgpoging?'
'Hij gaf toe dat hij op Westgaarde Gerard in woede naar zijn keel had gegrepen en dat hij er zich van bewust was dat hij op dat moment zeker tot moord op zijn broer in staat was.'
Vledder grinnikte.
'Met twee dienders en een rechercheur als getuige kan hij dat moeilijk ontkennen.'
De Cock plukte aan zijn onderlip.
'Die poging tot moord op zijn broer frappeerde mij,' formuleerde hij voorzichtig, 'omdat daaruit blijkt dat in Maurice van Nederveld de stellige overtuiging leeft dat zijn broer Gerard voor de tot nu gepleegde moorden verantwoordelijk is.'
Vledder trok zijn neus iets op.
'Die overtuiging moet toch ergens op berusten?'

De Cock staarde nadenkend voor zich uit.
'Daar ben ik ook dieper op ingegaan.'
'En?'
De Cock trok een bedenkelijk gezicht.
'Maurice meent,' antwoordde hij voorzichtig, 'dat zijn broer Gerard de complete verzameling van vader Van Nederveld, die zeer kostbaar zou zijn, geheel voor zichzelf wil behouden.'
'Zonder met de nog levende erfgenamen te willen delen?'
De Cock knikte met een ernstig gezicht.
'Daarom zou hij doende zijn de gehele familie successievelijk uit te moorden.'
'Heeft hij aanwijzingen voor die stelling?'
De Cock trok zijn schouders iets op.
'Gerard van Nederveld zou voor de verkoop van die verzameling al contact hebben gezocht met Peter van der Zwaard.'
Vledder keek hem verward aan.
'De man naar wie vader Van Nederveld onderweg was, toen hij in het water geraakte?'
'Precies.'
Vledder likte aan zijn lippen.
'Hoe... eh, hoe weet Maurice dat zijn broer Gerard voor de verkoop van de verzameling al contact heeft gezocht met... eh, met Peter van der Zwaard?'
De Cock streek met zijn handen over zijn grijze haren. 'Het antwoord zal je verbazen... Maurice zegt dat te weten van Marcel.'
'Marcel?'
De Cock knikte.
'Marcel had tegen Maurice gezegd dat hij wist dat broer Gerard met een inventaris van de verzameling van zijn vader bij Peter van der Zwaard had aangeklopt voor een schatting van de waarde.'
'Daar is toch niets op tegen?'
'Wel als hij de nog levende erfgenamen daarover niet heeft geïnformeerd.'
Vledder trok zijn wenkbrauwen op.
'Wie was de informant van Marcel?'
De Cock maakte een hulpeloos gebaar.
'Een goede vraag... een vraag die Maurice ook aan Marcel stelde.'

'Wat was het antwoord?'
De Cock schudde zijn hoofd.
'Hoewel Maurice erop aandrong, weigerde Marcel te zeggen hoe hij aan die wetenschap kwam.'
De grijze speurder stond van zijn stoel op, liep om Vledder heen naar de kapstok en pakte zijn regenjas.
De jonge rechercheur kwam hem na.
'Waar ga je heen?'
De Cock vatte zijn hoedje en schoof het over zijn stugge grijze haren.
'Doe je jas aan,' gebood hij. 'We gaan op pad.'
Vledder maakte een theatraal gebaar.
'Oké. Waarheen?'
De Cock liep van hem weg. Bij de deur draaide hij zich om. 'Er is volgens mij maar een man die het antwoord kent... Peter van der Zwaard.'
'Ga je het hem persoonlijk vragen?'
De Cock schudde zijn hoofd.
'Nog niet.'
De oude rechercheur diepte uit een steekzak van zijn regenjas het apparaatje op dat hij eens van zijn vriend en ex-inbreker Handige Henkie had gekregen. Een koperen houdertje met uitschuifbaar een keur van sleutelbaarden. Hij hield het omhoog.
'We doen eerst bij hem thuis een inkijkje.'
'Dat is volgens ons Wetboek van Strafvordering streng verboden.'
De Cock knikte met een grijns.
'Absoluut.'
Vledder toonde zich niet tevreden.
'Ik... eh, ik houd daar niet van,' sprak hij weifelend. De jonge rechercheur trok een bedenkelijk gezicht. 'Als hij thuis is of zijn vrouw?'
De Cock schudde zijn hoofd.
'Hij heeft geen vrouw. Peter van der Zwaard is een verstokte vrijgezel.'
Vledder gebaarde protesterend.
'Hij kan toch thuis zijn.'
De Cock trok een grijns van oor tot oor.
'Peter van der Zwaard is niet thuis.'

De grijze speurder blikte op zijn polshorloge.
'Hij zit op dit moment in het lokaal van Smalle Lowietje, die hem met een stalen gezicht een volkomen verzonnen verzameling antiek porselein aanbiedt.'
Vledder keek hem wantrouwend aan.
'Heb jij dat gearrangeerd?'
De Cock lachte.
'Twijfel jij daaraan?'
Vledder zuchtte diep.
'Geen moment.'

De rechercheurs staken vanaf de Oudebrugsteeg het Damrak over. De vele lichtreclames schitterden kleurrijk in het natte asfalt. Via de Nieuwezijds Kolk liepen ze langs het Korenmetershuisje naar de Korte Kolksteeg. Het regende nog, maar niet zo fel meer als een paar uur tevoren. De Cock trok de kraag van zijn regenjas omhoog en blikte om zich heen. Het hem vertrouwde beeld van de oude binnenstad was in de laatste tien jaar, vond hij, sterk veranderd.
'Met zijn ploeg,' declameerde hij pathetisch, 'getrokken door twee vuursnuivende stieren trok Jason, de grote Griekse held, kaarsrechte voren in de akker en zaaide drakentanden.'
Vledder keek hem van terzijde verbaasd aan.
'Waar heb je het over?'
De Cock gebaarde weids.
'Amsterdammertjes... ze schieten als drakentanden uit de grond.'
Het onderwerp interesseerde Vledder blijkbaar niet.
'Ik krijg zo langzamerhand het idee,' sprak hij peinzend, 'dat jij die Peter van der Zwaard ontloopt.'
De Cock keek hem niet-begrijpend aan.
'Hoezo?'
De jonge rechercheur gebaarde heftig.
'Zijn naam kwam al bij het begin van ons onderzoek naar voren. En volgens mij is hij heel nauw bij de moorden betrokken.'
'Hoe?'
Vledder snoof.
'Jij hebt zelf opgemerkt dat Peter van der Zwaard topografisch gezien voor het plegen van de moorden uiterst gunstig woont.

Nog geen honderd meter van de plek waar de lijken uit het water van het open havenfront zijn gevist.'
'En?'
'Ondanks die verdachte omstandigheden hebben we nog geen woord met hem gewisseld.'
De Cock trok zijn gezicht in een ernstige plooi.
'Peter van der Zwaard heeft,' sprak hij rustig, 'in zijn rijke leven vrijwel alles gedaan wat bij wet en goed burgerlijk fatsoen is verboden. Bovendien is hij niet vies van een rip-deal en lapt hij bedreigingen uit de onderwereld aan zijn laars. Toch is hij nog nooit met politie of justitie in aanraking geweest en verkeert... zo heeft men mij verzekerd... nog steeds in blakende welstand.'
De grijze speurder schudde zijn hoofd.
'Zo'n man kun je niet met wat simpele politiebluf benaderen.'
Vledder knikte begrijpend.
'Wat dacht je bij hem thuis te vinden?'
De Cock maakte een schouderbeweging.
'Geen flauw idee. We moeten maar eens wat gaan snuffelen.'
Vledder gniffelde.
'Misschien hebben we een keer geluk... vinden wij bij hem thuis voorwerpen, waarvan wij kunnen bewijzen dat zij aan een van zijn slachtoffers hebben toebehoord.'
De Cock glimlachte.
'Daar zou ik maar niet op rekenen. Daarvoor acht ik hem te schrander. Ik zou al blij zijn als wij iets vonden, waarmee wij hem subtiel onder druk kunnen zetten.'
'Wat bedoel je met subtiel?'
Over het gezicht van De Cock gleed een vluchtige grijns.
'Ik voel mij ten aanzien van Peter van der Zwaard niet geroepen om wettelijke spelregels te volgen.'
'Daarom onze verboden kijkoperatie?'
'Precies.'
Aan het einde van de Korte Korsjespoortsteeg sloegen ze rechtsaf en volgden de Singel in de richting van de Haarlemmersluis. Langs woonboten in allerlei fatsoenen slenterden ze naar de ronde muren van de oude Lutherse Koepelkerk.
In de Jeroenensteeg bleef De Cock staan en keek rechts naar de monumentale ingang van de voormalige kerk met twee antieke

lantaarns, waarin als dissonant moderne spaarlampen gloeiden. De oude rechercheur wachtte geduldig tot een tegen de kerkmuur plassende man waggelend de steeg had verlaten. Toen richtte hij zijn aandacht op een donkergroen gelakte deur. Hoewel er geen enkel huisnummer of aanduiding was te zien, wist De Cock dat die deur toegang gaf tot de woning van Peter van der Zwaard. Uit het apparaatje van Handige Henkie koos hij met kennersblik de juiste sleutelbaard. In luttele seconden had hij de deur geopend en stapte naar binnen.
Vledder volgde.
Na een klein portaal liep een houten trap vrij steil naar boven. De Cock pakte de leuning en trok en drukte zijn negentig kilo zwaar hijgend omhoog. De oude traptreden kraakten onder zijn voeten.
Op het portaal van de eerste etage nam de oude rechercheur een kleine pauze en bracht zijn ademhaling weer in een rustig ritme. Daarna voelde hij aan de kruk van de enige deur op het portaal. Er was geen slot. De Cock drukte de deur open, pakte zijn zaklantaarn en liet het ovaal van licht door het vertrek dwalen.
Het was schaars gemeubileerd. Aan de wanden hingen enige schilderijen in vergulde lijsten. De Cock herkende werken uit de Amsterdamse school. Op een uitbundig Chinees tapijt stonden vier fauteuils om een ronde ruwhouten tafel. Links aan de muur was een immens groot bureau met twee telefoons en een fax.
De oude rechercheur liet het ovaal van zijn zaklantaarn op de laden van het bureau rusten. Daarna draaide hij zich half om en wendde zich tot Vledder.
'Neem jij de laden links,' sprak hij fluisterend, 'dan neem ik ze aan de rechterkant. Doe wel voorzichtig. Ik wil niet dat hij direct merkt dat wij in zijn paperassen hebben gesnuffeld.'
De rechercheurs knielden bij de laden neer. Al na enkele minuten kwam Vledder omhoog.
'Ik heb hier iets,' sprak hij opgewonden. 'Een brief met het briefhoofd van Gerard van Nederveld, Camera Obscuralaan in Amstelveen.'
De Cock kwam naast hem staan.
'Wat staat er in?'

'Niets. Ik bedoel geen tekst. Alleen aanduidingen van een verzameling.'
'Neem hem mee.'
'Die lijst?'
'Ja.'
Vledder ademde diep.
'Peter van der Zwaard zal hem missen,' sprak hij hijgend. 'En wij kunnen er wettelijk nooit gebruik van maken zonder toe te geven dat wij onrechtmatig deze woning zijn binnengedrongen.'
De Cock wuifde de bezwaren van Vledder weg.
'Ik wil die lijst op het bureau eens rustig bekijken. Weet je nog precies waar je hem hebt gevonden?'
Vledder knikte.
'Hier in de bovenste lade. Het was het derde stuk dat ik in handen kreeg.'
De Cock glimlachte.
'Zo nodig lokken wij na een paar dagen Peter van der Zwaard opnieuw uit zijn huis en brengen die lijst bij hem terug.'
Vledder grinnikte.
'Alsof er niets is gebeurd.'
De oude rechercheur knikte instemmend. Daarna bukte hij zich weer over de laden aan de rechterkant. Het ovaal van licht uit zijn zaklantaarn gleed even over het blad van het bureau, wipte langs de beide telefoons en de fax. In een flits herkende De Cock een foto in een oude zilveren lijst rechts op een hoek van het immens grote bureau. Hij liet het licht van zijn zaklantaarn erop rusten en stootte Vledder aan.
De mond van de jonge rechercheur zakte open.
'Maurice van Nederveld.'
De Cock schudde zijn hoofd.
'Marcel.'

12

De Cock schoof de mouw van zijn regenjas iets terug en scheen met zijn zaklantaarn op zijn polshorloge.
'We moeten maken dat we hier weg komen,' sprak hij fluisterend. 'Ik wil niet dat hij ons overvalt. Het hangt ervan af hoe goed Smalle Lowietje zijn rol speelt. Als Peter van der Zwaard bemerkt dat het verhaal van de caféhouder louter humbug is, dan hebben we niet veel tijd meer over.'
Vledder kwam uit zijn gebukte houding bij de laden van het immense bureau omhoog.
'Meer dan die lijst heb ik niet gevonden,' verzuchtte hij.
De Cock richtte het licht van zijn zaklantaarn op de foto van Marcel van Nederveld in de oudzilveren lijst.
'Dit vind ik belangrijk.'
Vledder fronste zijn wenkbrauwen.
'Heb jij enig idee waarom Peter van der Zwaard een foto van Marcel van Nederveld zo prominent op zijn bureau heeft staan?'
De Cock tuitte zijn lippen.
'Hoewel niemand erover sprak,' formuleerde hij bedachtzaam, 'vermoed ik dat ook de ongehuwde Peter van der Zwaard homofiel is.'
Vledder ademde diep.
'Marcel en Peter... een homofiele relatie.'
'Precies.'
Vledder knikte voor zich uit.
'Ik begrijp nu hoe Marcel van Nederveld wist dat zijn broer Gerard met een inventaris van de verzameling van zijn vader bij Peter van der Zwaard had aangeklopt voor een schatting van de waarde.'
De Cock wees naar het ontvreemde papier.
'Hij zal hier die lijst hebben gezien en daaruit hebben geconcludeerd dat zijn broer Gerard de andere erfgenamen buiten de opbrengst van de kostbare verzameling probeert te houden.'
Vledder keek hem schuins aan.
'Een terechte conclusie?'
De Cock trok een pijnlijk gezicht.

'Dat is moeilijk te zeggen. Wat voert Gerard van Nederveld in zijn schild? Wat is zijn intentie? Wil hij van Peter van der Zwaard alleen een waardeoordeel over zijn vaders verzameling... of is hij echt van plan om de andere erfgenamen niet te laten meedelen?'
Vledder gromde.
'Volgens mij is hij alleen op eigen voordeel uit.'
De Cock plukte aan zijn onderlip.
'In dat geval springt een belangrijke vraag naar voren.'
Vledder keek hem niet-begrijpend aan.
'Welke?'
De Cock hield zijn wijsvinger voor zijn neus.
'Weet Gerard dat zijn broer Marcel vriendschapsbanden met Peter van der Zwaard onderhield?'
'Is dat belangrijk?'
De Cock knikte nadrukkelijk.
'Denk eens goed na. Als Gerard van Nederveld weet of sinds kort heeft ontdekt dat zijn broer Marcel de handelaar Peter van der Zwaard kende... een homofiele relatie met hem had aangeknoopt... dan vormde broer Marcel voor Gerard van Nederveld een belangrijk obstakel voor eventuele verdere onderhandelingen met die Peter van der Zwaard.'
De oude rechercheur dacht na.
'Zolang die relatie bestond... met andere woorden... zolang Marcel leefde... kon Gerard van Nederveld nooit ongemerkt de verzameling van zijn vader van de hand doen.'
In het schaarse gele licht dat van de antieke kerklantaarns door de zijramen het vertrek binnenviel, waren de opengesperde ogen van Vledder duidelijk zichtbaar.
'Een motief,' stamelde hij onthutst. 'Een duidelijk motief voor moord.'

Nadat De Cock de sporen van hun aanwezigheid, zoveel als doenlijk had uitgewist en in de Jeroenensteeg de toegangsdeur weer zorgvuldig slotvast had gesloten, slenterden de rechercheurs terug naar de kit. Het regende niet meer. De koelte die de regenbuien hadden gebracht, voelde aangenaam aan.
De Cock keek om zich heen en gebaarde naar de woonboten aan de Singel.

'Vraag eens een lijst op van de bewoners van die schepen hier.'
'Waarom?'
De Cock grijnsde.
'De slachtoffers moeten toch ergens te water zijn gelaten.'
'Dat behoeft toch niet per se vanaf een woonboot te gebeuren?'
De Cock schudde zijn hoofd.
'Het kan op tal van manieren... ook vanaf een woonboot.'
Vledder reageerde verder niet.
De Cock knoopte zijn regenjas los. Het raderwerk van zijn denken kwam knarsend op gang. Met zijn hoofd licht gebogen slofte de oude rechercheur diep in gedachten verzonken voort. De foto van Marcel van Nederveld in kabinetformaat op het bureau van Peter van der Zwaard had hem verrast. Hij vroeg zich af welke consequenties het had voor de beoordeling van de gepleegde moorden? Hoeveel had Marcel geweten van de activiteiten van Peter van der Zwaard? Hoe intiem was de vriendschap? En vooral... hoe vertrouwelijk waren beiden geweest?
Vledder verbrak zijn overpeinzingen.
'Zullen we naar het cafeetje van Smalle Lowietje gaan? Misschien zit die Peter van der Zwaard daar nog? Ik wil die vent wel eens van nabij zien.'
De Cock schudde zijn hoofd.
'Ik ben nog niet rijp voor een confrontatie.'
'Wanneer wel?'
De Cock toonde zich wat geprikkeld.
'Dat hoor je nog van me.'
De jonge rechercheur beluisterde de toon en liet het onderwerp rusten. Morrend liep hij verder.
Toen ze in de Warmoesstraat de hal van het politiebureau binnenstapten, wenkte Jan Kusters hen met een kromme vinger.
De Cock liep op de wachtcommandant toe.
'Als jij mij gaat vertellen,' sprak hij dreigend, 'dat er weer een lijk in het open havenfront drijft, ga ik gillen.'
Jan Kusters lachte. Hij stak zijn arm omhoog.
'Er zit boven iemand op je te wachten.'
'Wie?'
De wachtcommandant grijnsde.
'Dezelfde vent die je een paar uur geleden naar huis hebt laten brengen.'

'Maurice van Nederveld.'
Jan Kusters knikte.
'Dat is hem. Hij kwam hier ongeveer een kwartier geleden nogal opgewonden binnen en vroeg naar jou. Toen ik hem vertelde dat jij er niet was en dat ik ook niet wist hoe laat jij zou terugkomen, stond hij erop om te blijven wachten.'
De Cock liep van de balie weg en stormde opmerkelijk kwiek de twee stenen trappen op.
Vledder volgde.
Maurice van Nederveld zag er weer toonbaar uit. Hij droeg een andere pantalon en zijn gescheurd jack was vervangen. Alleen de kras op zijn wang herinnerde nog aan zijn optreden op Westgaarde. Onder zijn linkerarm hield hij een schrift met een harde kaft geklemd.
De Cock schonk hem zijn beminnelijkste glimlach en leidde de jongeman de recherchekamer in naar de stoel naast zijn bureau.
'Ga zitten,' sprak hij vriendelijk. 'Ik had u niet zo snel terug verwacht.'
Maurice van Nederveld nam plaats en legde het schrift op zijn knieën.
'De... eh, de dood van Marcel houdt mij bezig,' sprak hij hakkelend. 'Ik denk niet dat ik dat ooit uit mijn gedachten kan bannen.'
De Cock keek hem bemoedigend aan.
'De tijd heelt alle wonden.'
Maurice kneep zijn lippen op elkaar.
'Ik verlang dat zijn moordenaar wordt ontmaskerd en gestraft.'
De Cock knikte met een ernstig gezicht.
'Een terecht verlangen.'
Maurice wees voor zich uit.
'Ik heb u al verteld dat Marcel nogal gesloten van aard was. We gingen heel goed met elkaar om, maar er was een brok in zijn leven, waarvan hij mij geen deelgenoot wilde maken.'
'Zijn homofiele geaardheid?'
Maurice maakte een hulpeloos gebaar.
'Ik denk dat het daarmee heeft te maken. Toen ik vanavond thuiskwam en mij wat had opgefrist, ben ik naar zijn kamer gegaan en heb daar wat rondgekeken. Ik kwam daar nooit. Een moment overwoog ik om terug te gaan naar mijn eigen vertrek.

Ik vond het gênant... een soort inbreuk op zijn privacy.'
De Cock knikte begrijpend.
'U ging niet terug naar uw eigen vertrek?'
Maurice schudde zijn hoofd.
'Mijn nieuwsgierigheid... mijn verlangen om meer van Marcel te weten... hield mij in zijn kamer. Ik heb niet bewust ergens naar gezocht. Ik wist ook niet waarnaar ik zoeken moest.'
De Cock glimlachte.
'U hebt wel iets gevonden?'
Maurice knikte.
'In zijn nachtkastje onder een schone pyjama lag dit schrift.'
De jongeman pakte het van zijn knieën en legde het voor zich op het bureau van De Cock.
'Het lijkt een soort dagboek in geheimschrift met alleen data en initialen. Ik kan er nog niet goed wijs uit worden. Maar er was een duidelijk leesbare zinsnede die mij deed besluiten om het schrift onmiddellijk naar u te brengen.'
Maurice sloeg het schrift open, bladerde even en wees toen met zijn vinger. 'Daar staat het: Moeder-had-kort-voor-haar-dood-nog-een-afspraak-met-PvdZ.'
De Cock slikte.
'PeevandeZet... Peter van der Zwaard.'
Maurice van Nederveld ademde diep.
'Dat moet,' verzuchtte hij. 'Het kan niet anders.'

De Cock had moeie voeten. Ze waren er ineens, onaangekondigd. Het was als een donderslag bij heldere hemel. Hij leunde achterover en legde zijn voeten op de hoek van zijn bureau. Met een van pijn vertrokken gezicht bevoelde hij zijn kuiten. Het was alsof geniepige kleine duiveltjes uit pure boosaardigheid met duizend spelden in zijn kuiten prikten. Hij kende de pijn die uit de holten van zijn voeten kwam, langs zijn hielen omhoog trok en zich vastzette in zijn kuiten. Hij wist ook wat die pijn betekende. Telkens als de zaken slecht verliepen, als zijn onderzoek dreigde te verzanden en als hij het machteloze gevoel had volkomen in het duister te tasten, gaven die helse duiveltjes acte de présence.
Vledder keek hem bezorgd aan.
'Zijn ze er weer... de duiveltjes?'

De Cock knikte en sloot zijn ogen. Enkele minuten bleef hij zo zitten, bewegingloos en geconcentreerd. Zijn markant gezicht leek een stalen masker. Om de pijn te verdrijven zette hij zijn tanden in zijn onderlip.
'Het gaat wel weer over,' sprak hij mat. 'Het duurt nooit zolang.'
Vledder schudde zijn hoofd.
'Je had vanmorgen beter thuis kunnen blijven... met je voeten in een teil met warm water.'
De Cock keek hem verwijtend aan.
'Ik wist toch een uur geleden niet dat de duiveltjes mij vandaag zouden bezoeken. Het komt omdat wij na dagen van speuren in feite nog geen steek verder zijn gekomen. Dat wreekt zich bij mij.'
Vledder klapte met zijn vlakke hand op het schrift met harde kaft, dat voor hem op zijn bureau lag.
'We moeten Peter van der Zwaard aanpakken,' riep hij geemotioneerd. 'Alle lijnen lopen in zijn richting. De oude heer Van Nederveld gaat op pad naar een afspraak met hem... en wordt levenloos uit het water gevist. Moeder Van Nederveld heeft een afspraak met hem... en wordt levenloos uit het water gevist. Marcel van Nederveld heeft een relatie met hem... en wordt levenloos uit het water gevist.'
De jonge rechercheur zwaaide met zijn armen.
'Het kan toch allemaal geen toeval zijn?'
De Cock tilde de benen van zijn bureau. De pijn in zijn kuiten trok langzaam weg. Alleen in zijn voeten bleef nog een gevoel van intense moeheid hangen. Hij boog zich iets naar voren.
'Noem mij,' sprak hij loom, 'het motief en ik loop blijmoedig achter je aan om hem te arresteren.'
Vledder maakte een wrevelig gebaar.
'Omdat wij zijn motief niet kennen, betekent dat toch niet dat Peter van der Zwaard onschuldig is?'
De Cock zuchtte diep.
'Wat heeft het voor zin om Peter van der Zwaard naar de kit te slepen met de wetenschap dat je hem na twee dagen toch weer vrij moet laten? Als ik iets tegen hem onderneem, moet ik zeker van mijn zaak zijn.'
Vledder grijnsde.

'En intussen moordt hij voort.'
De Cock negeerde de opmerking. Hij wees naar het schrift met de harde kaft.
'Heb je buiten de mededeling dat moeder Van Nederveld voor haar dood nog een afspraak
met Peter van der Zwaard had, nog iets gevonden?'
Vledder trok zijn linkerschouder iets op.
'De initialen PvdZ komen meerdere malen in het schrift voor. Maar er zijn ook vele andere initialen met data. Ik heb het idee dat Marcel elke amoureuze ontmoeting met datum en tijdstip noteerde.'
'Is er een ontmoeting met PvdZ op of rondom het tijdstip van de dood van de heer en mevrouw Van Nederveld?'
Vledder schudde zijn hoofd.
'Daar heb ik speciaal op gelet.' Hij schoof het schrift met de harde kaft van zich af. 'Ik geloof niet dat we er veel aan hebben.'
De Cock liet het onderwerp rusten.
'Hoe laat is er sectie op het lijk van Marcel?'
Vledder schudde zijn hoofd.
'Er is vandaag geen sectie. Dokter Rusteloos had er al vier op zijn lijstje. Marcel van Nederveld kon daar niet meer bij. Het wordt morgen.'
De Cock trok een denkrimpel in zijn voorhoofd.
'Heb je nog geïnformeerd naar de bewoners van de woonboten aan dat stukje Singel bij de Jeroenensteeg?'
Vledder knikte.
'De man van het bevolkingsregister die ik aan de lijn had, zei mij dat zo'n onderzoek wel even kon duren. Hij raadde mij aan om zelf naar de Herengracht te komen.'
De Cock knikte begrijpend.
'Doe dat. Maar bel eerst even met Gerard van Nederveld en zeg hem dat ik hem vanmiddag om twee uur hier aan de Warmoesstraat verwacht.'
Vledder keek hem verrast aan.
'Ga je hem in staat van beschuldiging stellen?'
De Cock negeerde de vraag.
'Ik wil opheldering over die lijst.'
'Die inventarislijst die wij bij Peter van der Zwaard hebben aangetroffen?'

'Ja.'
'Daar kunnen we toch niet mee voor de dag komen?'
'Ik wil weten hoe hij reageert als wij suggereren dat er zo'n lijst bestaat.'
De oude rechercheur stond op en slenterde naar de kapstok. Vledder kwam hem na. 'Waar ga jij heen?'
De Cock wurmde zich in zijn regenjas.
'Naar de Hartenstraat. Ik heb het gevoel dat ik destijds niet goed genoeg naar Mamma Bonardi heb geluisterd.'

Ze zat breed en mollig tegenover hem in het restaurant bij het raam aan een kleine tafel bedekt met een stemmig Desso-kleedje. De Cock keek haar glimlachend aan. 'Ik wilde nog eens met u babbelen over de dood van mevrouw Van Nederveld.'
'Bent u al iets met uw onderzoek gevorderd?'
De Cock schudde zijn hoofd.
'We zijn nog niet veel verder dan op de dag dat ik u op een stuntelige manier van Westgaarde naar huis reed.'
Mevrouw Bonardi lachte.
'U reed fantastisch,' sprak ze vrolijk. 'Ik heb geen schrammetje opgelopen.'
De Cock zwaaide de lof weg.
'U hebt mij destijds geschetst hoe zo ongeveer de verhoudingen in de familie Van Nederveld lagen. Daar ben ik u nog dankbaar voor. Ik heb het idee dat u een goed inzicht had.'
Mevrouw Bonardi schonk hem een milde grijns.
'Ik heb zelf zonen en dochters. Ik weet hoe een moeder zich voelt.'
De Cock knikte.
'U... eh, u wist hoe mevrouw Van Nederveld zich voelde?'
Mevrouw Bonardi zuchtte.
'Ze had het niet gemakkelijk... een moeilijke man, een dominante zoon en een voortdurend geldgebrek.'
De Cock plukte aan zijn onderlip.
'Hoe dominant was Gerard?'
Mevrouw Bonardi schudde haar hoofd.
'Ik zou van geen van mijn kinderen hebben geduld dat ze mij zo behandelden. De man van mevrouw Van Nederveld bemoeide zich totaal niet met zijn gezin, maar Gerard regelde alles. Hij

stond erop dat zij elke uitgave met hem besprak.'
'Was ze bang voor hem?'
Mevrouw Bonardi antwoordde niet direct.
'Ik weet niet,' sprak ze bedachtzaam, 'of zij bang voor Gerard was.'
'Voor wie wel?'
Mevrouw Bonardi schudde haar hoofd.
'Dat weet ik niet. Dat heeft ze mij nooit verteld.'
De Cock boog zich iets naar voren.
'Tijdens ons vorig onderhoud... terug van Westgaarde... vroeg u mij: "Werd ze vermoord?" Ik reageerde: "Waarom vraagt u dat?" En toen antwoordde u: "Ze was er bang voor." Herinnert u zich dat nog?'
'Ja.'
'Dus mevrouw Van Nederveld heeft u gezegd dat zij bang was om slachtoffer van moord te worden?'
Mevrouw Bonardi verschoof iets op haar stoel.
'Kort voor haar dood kwam ik haar op straat tegen. Ze liep met gebogen hoofd en zag er moe en zorgelijk uit. Ik vroeg wat er aan schortte. Ze zei toen: "Soms zou je wensen dat je ze nooit had gebaard." Ik beaamde dat. Elke moeder kent die momenten.'
Mevrouw Bonardi stokte. Ze plukte een onzichtbaar pluisje van het tafelkleed.
'Toen zei ze iets wat mij aan het denken zette.'
'Dat was?'
'Ik weet niet hoe ik moet vluchten.'
De Cock fronste zijn wenkbrauwen.
'Zei ze dat... vluchten?'
Mevrouw Bonardi knikte. 'Ik zag aan haar dat ze bang was en ik begreep dat ze hulp nodig had. Ik dacht aan u. Ik had wel eens iets over u gelezen. Toen ik haar de volgende dag weer zag, heb ik haar aangeraden om zich met u in verbinding te stellen.'
De oude rechercheur keek haar onbewogen aan.
'U gaf haar een briefje met mijn naam.'
Over het ronde gezicht van mevrouw Bonardi gleed een lieve glimlach. Daarna knikte ze instemmend.
'De Cock, met ceeooceekaa.'

13

De Cock keek de man die op de stoel naast zijn bureau was gaan zitten, onderzoekend aan... het zwart golvende haar, de bruine ogen in een ovaal gezicht. Hij droeg hetzelfde lichtbruine kostuum van ruige wol als in de nacht toen hij de vermissing van zijn oude moeder kwam melden.
'Uw... eh, uw assistent,' sprak de man zakelijk, 'belde mij vanmorgen dat u mij om twee uur hier aan het bureau Warmoesstraat verwachtte.'
De Cock blikte over de man heen naar de grote klok boven de toegangsdeur van de grote recherchekamer.
'U bent mooi op tijd,' prees hij.
Gerard van Nederveld knikte.
'Ik ben een man van de klok. Ik houd van stiptheid en discipline... twee eigenschappen die jongeren vaak irriteren.'
De Cock plukte aan zijn neus.
'Jongeren,' herhaalde hij traag. 'Hoe komt het dat uw jongere broer Maurice er zo rotsvast van overtuigd is dat u verantwoordelijk bent voor de dood van uw vader, uw moeder en Marcel?'
Gerard van Nederveld gleed met de toppen van zijn vingers over zijn voorhoofd. Op zijn ovaal gezicht lag een smartelijke trek.
'De aanval van Maurice,' antwoordde hij nadenkend, 'gisteren tijdens de confrontatie op Westgaarde, heeft mij pijn gedaan. Ik zag moordlust in zijn ogen en voelde zijn handen aan mijn keel.'
'Volgens mijn collega Vledder was Maurice buiten zichzelf van woede. Hij beschuldigde u van moord.'
Gerard knikte.
'Het was beangstigend. Wanneer uw collega's niet tussenbeide gekomen waren...'
Hij maakte zijn zin niet af.
'Ik heb over het waarom later diep nagedacht,' ging hij verder, 'gezocht naar de oorzaak. Omdat vader verstek liet gaan heb ik in het leven van mijn broers en zuster alles bedisseld. Zij beschouwden mij verantwoordelijk voor alles wat er in ons gezin gebeurde. Nu er rampen over de familie komen, gaan ze ervan uit dat ik ook hier de hand in heb.'

'Bent u nog van plan om juridische stappen tegen uw broer te ondernemen?'
'Inzake die onbesuisde aanval op mij gisteren?'
'Ja.'
Gerard van Nederveld zweeg even.
'Nee,' sprak hij hoofdschuddend. 'Dat is vergeten en vergeven.'
Secondenlang staarde hij voor zich uit.
'Ik denk niet dat er tussen mij en hen ooit een goede band zal bestaan. De jongeren... ze hebben mij nooit gemogen. Ik zei u al: mijn stiptheid en discipline irriteerden hen.'
De Cock glimlachte.
'Mij niet.'
'U behoort tot een wegkwijnende generatie.'
De Cock gniffelde.
'Zo voel ik dat niet,' reageerde hij vrolijk. 'Weg-kwij-nen ontbeert alle levensvreugde. Ik weet het zeker... velen van mijn generatie genieten nog van elke dag die Onze Lieve Heer ons schenkt.'
De oude rechercheur keek op.
'Tot welke generatie behoorde uw moeder?'
Gerard maakte een vaag gebaar.
'Moeder stamde uit een tijd dat van een vrouw alleen maar lijdzaamheid werd verwacht.'
'Was ze nooit opstandig?'
'Zelden.'
De Cock strekte zijn wijsvinger naar hem uit.
'Kort voor haar gewelddadig overlijden, zei uw moeder dat ze niet wist hoe ze moest vluchten.'
Gerard van Nederveld keek hem verwonderd aan.
'Wie heeft u dat verteld?'
'Mevrouw Bonardi van de pizzeria. Tegenover haar was ze nog wel eens vertrouwelijk.'
Over het gezicht van Gerard gleed een glans van vertedering.
'Ik weet wat moeder met "vluchten" bedoelde. Moeder is geboren in West-Friesland in het dorpje Opperdoes bij Medemblik. Daar wonen nog enkele familieleden van haar... een oude tante en een paar ongetrouwde zusters. Sinds de dood van vader wilde ze uit de Hartenstraat weg. Er kleefden volgens haar te

veel nare herinneringen aan die plek. Een maand geleden kwam naast haar zuster in Opperdoes een leuk huisje vrij. Dat had moeder graag willen kopen.'
'En?'
'Daar was geen geld voor.'
De Cock veinsde verwondering.
'U zei dat ze niet onbemiddeld was.'
Gerard van Nederveld grijnsde droevig.
'Van haar AOW en wat eigen geld kon ze goed leven. Maar meer ook niet. Er was zeker geen geld om in Opperdoes een huis te kopen.'
De Cock stak zijn armen omhoog.
'Ze kon toch die verzameling van haar man verkopen?'
Gerard grinnikte.
'Wat is die waard?'
'Volgens uw broer Maurice is die verzameling bijzonder kostbaar.'
Gerard trok zijn schouders op.
'Dat weet ik niet,' verzuchtte hij. 'Ik heb mij nooit met vaders verzameling bemoeid. Het interesseerde mij niet. Ik beschouwde de verzamelwoede van mijn vader als een bron van doffe ellende. Het heeft het leven van moeder en mij verwoest.'
De Cock negeerde de laatste opmerking.
'Waar bevindt die verzameling zich nu?'
Gerard duimde over zijn schouder.
'In de Hartenstraat. Vader had daar een eigen vertrek waar hij alles rubriceerde en uitstalde. De dingen die hij van grote waarde achtte, stopte hij in een oude brandkast.'
'Staat die brandkast daar nog?'
Gerard grinnikte.
'Dat neem ik aan. Het is zo'n oude zware brandkast van ver voor de oorlog. Ik dacht van Franse makelij. Het verwondert mij dat hij nooit bij ons door de vloer is gezakt.'
'Hebt u een sleutel van die brandkast?'
Gerard schudde zijn hoofd.
'Ik niet. Moeder had een sleutel... zo'n lang rond ding met karteltjes... maar ik weet niet waar die na haar dood is gebleven.'
'Wat bevat die brandkast?'
Gerard grinnikte smalend.

'Rommel... denk ik.'
De Cock leunde achterover in zijn stoel. Om tijd te winnen wreef hij met zijn vlakke rechterhand over zijn breed gezicht.
'Er... eh, er circuleert een inventarislijst van uw vaders verzameling.'
'Waar?'
'Onder de engeltjes.'
Gerard kneep zijn ogen samen.
'Ik ken uw engeltjes niet.'
De Cock glimlachte beminnelijk.
'Dat is ook niet nodig. De lijst staat op enkele A-viertjes met uw briefhoofd.'
De oude rechercheur boog zich weer voorover.
'Waarom zou u ontkennen dat er zo'n lijst bestaat en dat die door u is samengesteld?'
Gerard liet zijn hoofd iets zakken.
'Ik weet niet van wie u die informatie heeft. Ik vermoed van Peter van der Zwaard, die louche handelaar met wie vader wel eens zaken deed.'
De Cock schudde zijn hoofd.
'Ik heb die man nog nooit ontmoet.'
Gerard haalde zijn schouders op.
'Het doet er ook niet toe. Misschien ben ik te voortvarend geweest, maar die woning van moeder in de Hartenstraat moet toch worden ontruimd en vaders verzameling opgedoekt. Ik beschouwde mij als oudste zoon de aangewezen man om als executeur-testamentair op te treden.'
'Zonder de anderen daarin te kennen?'
Gerard keek de rechercheur strak aan.
'Ik ging ervan uit dat zij dat wel zouden accepteren. Ik heb altijd alles voor hen geregeld.'
De Cock knikte begrijpend.
'U maakte,' vatte hij samen, 'een inventaris van de verzameling van uw vader?'
Gerard schudde zijn hoofd.
'Dat heb ik niet gedaan. Ik weet niet hoe al die rotzooi wordt genoemd. Er bestond een oude lijst die mijn vader destijds heeft opgemaakt... met de hand geschreven. Vaders handschrift was bijna niet te lezen. Ik heb die lijst toen voor de duidelijkheid

overgetypt en naar Peter van der Zwaard gestuurd met het verzoek om een waardeoordeel te geven.'
De Cock fronste zijn wenkbrauwen.
'Gestuurd? U hebt die lijst niet zelf gebracht?'
'Nee.'
De Cock toonde verbazing.
'Waarom naar Peter van der Zwaard? U zegt zelf dat hij een louche handelaar is.'
'Naar wie anders?' riep Gerard verongelijkt. 'Peter van der Zwaard is de enige man die ik ken en tot zo'n waardeoordeel in staat is. Bovendien acht ik zijn oordeel niet bindend.'
De Cock boog zich dicht naar de man toe. Zijn gezicht stond strak.
'Weledele heer Gerard van Nederveld,' sprak hij hard, streng, 'waarom ontbreekt aan die lijst uw vaders muntenverzameling?'

Vledder kwam met gebogen hoofd en hangende schouders de grote recherchekamer binnen. Zijn gezicht zag asgrauw. Zuchtend liet hij zich op de stoel achter zijn bureau zakken.
'Amsterdam is ziek,' riep hij vermoeid, 'doodziek... stervend aan een hartinfarct... bloedvatvernauwing. Ik heb op de Herengracht meer dan twee uur in een file gestaan. Een verhuizing. Ik zat met de Golf muurvast... kon niet voor- of achteruit. Waarom dempen ze die grachten niet?'
De Cock lachte.
'Er was eens een naoorlogse hoofdcommissaris van politie die ook van dempen sprak. Het scheelde niet veel of de Amsterdammers hadden hem gelyncht.'
Vledder klapte met zijn vuist op zijn bureau.
'Onze stad kan niet meer ademen.'
De Cock schudde zijn hoofd.
'Als je in Amsterdam ergens in de binnenstad moet zijn, dan neem je de fiets.'
'Ik heb geen fiets.'
'Dan ga je lopen.'
Vledder keek hem uitdagend aan.
'Ben jij lopend naar de Hartenstraat gegaan?'
De Cock knikte gedwee.

'Ik heb een poosje in de pizzeria met mevrouw Bonardi zitten praten.'
'Leverde dat wat op?'
De Cock plooide zijn lippen in een tuitje.
'Zij schreef het briefje met mijn naam, dat in de mantelzak van de oude mevrouw van Nederveld werd gevonden.'
'Waarom schreef ze dat?'
'Mevrouw Bonardi meende dat de oude mevrouw Van Nederveld hulp nodig had... bescherming.'
Vledder trok een denkrimpel in zijn voorhoofd.
'Waaruit concludeerde zij dat?'
De Cock spreidde zijn handen.
'Haar houding. Volgens mevrouw Bonardi was de oude vrouw diep ongelukkig en wilde vluchten. Gerard van Nederveld vertelde mij later dat zijn moeder uit de Hartenstraat weg wilde. Die woning benauwde haar. Er kleefden nare herinneringen aan. Ze had graag een huisje willen kopen in West-Friesland... in Opperdoes, waar ze is geboren.'
Vledder grijnsde breed.
'Een belangrijke ontdekking,' sprak hij smalend. 'Daar los je een serie moorden mee op.'
Het cynisme ontging De Cock niet.
'Ze had geen geld voor dat huisje,' sprak hij zacht.
Vledder gebaarde voor zich uit.
'Ik heb Gerard van Nederveld beneden nog niet op de lijst van arrestanten zien staan.'
De Cock keek hem schuins aan.
'Verwachtte je dat?'
Vledder knikte.
'Ik was ervan overtuigd dat jij hem in een verhoor tot een bekentenis zou brengen.'
De Cock schudde zijn hoofd.
'Ik vond dat hij een vrij redelijke verklaring voor zijn gedrag gaf.'
Vledder snoof verachtelijk.
'Hoe redelijk hij zijn vader, moeder en zijn broer Marcel om zeep hielp?'
De Cock kwam langzaam uit zijn stoel overeind en strekte zijn arm naar Vledder uit.

'Luister eens, lieve jongen,' sprak hij streng, 'dat jij er de pest in hebt, omdat je twee uur op de Herengracht met je Golf in een file hebt gestaan, betekent niet dat jij je ten opzichte van mij allerlei cynische opmerkingen kunt veroorloven.'
Vledder boog zijn hoofd.
'Sorry,' sprak hij timide. 'Die hele affaire zit mij dwars. Gerard van Nederveld is zo'n voor de hand liggende verdachte.'
De Cock ging weer zitten.
'En je was er zo van overtuigd,' sprak hij op een toon van verbazing, 'dat de dader van de moorden buiten familieverband moest worden gezocht?'
Vledder zuchtte.
'Ik weet het niet meer,' sprak hij suf. 'Ik kan mij niet herinneren dat wij ooit zo'n bezopen zaak onder handen hebben gehad.'
De Cock wenkte om aandacht.
'Blijf er even met je hersenen bij.'
'Oké.'
'Ik herhaal... Gerard van Nederveld gaf een redelijke verklaring voor zijn gedrag... althans ik heb die verklaring als redelijk ervaren.'
De grijze speurder schoof een lade van zijn bureau open en nam daaruit de A-viertjes met het briefhoofd van Gerard van Nederveld.
'Deze lijst heeft hij overgetypt van een lijst die wijlen zijn vader eigenhandig had geschreven. Aan die lijst ontbreekt de muntenverzameling.'
Vledder keek op.
'Is er een muntenverzameling?'
De Cock knikte nadrukkelijk.
'Denk eens terug aan dat verhaal van Jacques Verdonk, alias Gaatjes Sjaak. De verzameling munten die hij op zijn eigen specifieke manier uit de villa in Blaricum jatte, was voor een vermogen verzekerd. De oude heer Van Nederveld kreeg die verzameling voor slechts drie meier in handen.'
'Misschien heeft hij die verzameling later weer verkocht?'
De Cock schudde zijn hoofd.
'De oude heer Van Nederveld was een verzamelaar... geen verkoper... geen handelaar... een man die nooit een verzameling van de hand zou doen.'

Vledder knikte begrijpend.
'Hoe reageerde Gerard van Nederveld toen je hem zei dat aan zijn lijst een muntenverzameling ontbrak.'
'Hij zei dat hij niet wist dat er een muntenverzameling was.'
'En jij gelooft hem?'
De Cock trok zijn schouders op.
'De oude heer Van Nederveld bewaarde de stukken die hij van waarde achtte in een oude brandkast. Die stond in zijn kamer in de Hartenstraat. En volgens Gerard staat die daar nog. Alleen de sleutel van die brandkast is zoek.'
Vledder keek hem verrast aan.
'Zoek?'
De Cock knikte.
'De oude heer Van Nederveld had een sleutel en zijn vrouw had een sleutel. Beide sleutels zijn na hun overlijden verdwenen... onvindbaar.'
Vledder likte aan zijn lippen. Er kwam weer wat kleur op zijn wangen en in zijn ogen glansde interesse.
'Vermoedelijk zijn beide sleutels... of een daarvan... in het bezit van de moordenaar.'
De Cock knikte.
'Dat is een redelijke conclusie.'
'Zou de moordenaar die muntenverzameling al uit die brandkast hebben weggehaald?' vroeg Vledder.
'Geen flauw vermoeden.'
Vledder keek zijn oudere collega schattend aan.
'Zou jij...?' Hij maakte zijn zin niet af.
'Die kast openmaken?'
'Ja.'
De Cock trok een bedenkelijk gezicht.
'Ik weet niet wat voor een type brandkast het is. Als er buiten de sleutel nog een cijfercombinatie gesteld moet worden, dan kan ik het wel vergeten. Zo gevoelig zijn mijn vingertoppen niet.'
'Handige Henkie?'
De Cock schudde zijn hoofd.
'Hij heeft mij de laatste keer afdoende duidelijk gemaakt dat hij niet meer voor mij op pad wil. En dat respecteer ik.'
'Jammer,' verzuchtte Vledder. 'Misschien is de sleutel van die oude brandkast de sleutel tot de oplossing van de serie moorden.'

De Cock beet nadenkend op zijn onderlip.
'Gerard van Nederveld heeft die sleutel van zijn moeder blijkbaar wel eens gezien. Hij sprak van een lang rond gekarteld ding.'
De ogen van de oude rechercheur lichtten op.
'Een pompslot,' riep hij blij. 'Natuurlijk... een ouderwets pompslot.'
Vledder keek hem niet-begrijpend aan.
'Wat is een pompslot?'
De Cock glimlachte.
'Een cilindervormig slot met inkepingen en lamellen. Sterk verouderd. Kasten met zo'n pompslot bestaan er bijna niet meer. Ze waren ook niet zo betrouwbaar. Maar misschien dat in de Hartenstraat nog zo'n oud ding staat.'
De grijze speurder staarde even voor zich uit.
'Ga naar Handige Henkie en vraag of wij zijn setje pompslotsleutels voor vanavond mogen lenen.'
'Een setje pompslotsleutels?'
De Cock knikte.
'Iedere rechtgeaarde inbreker had vroeger zo'n setje.'
Vledder stond op. 'Zou hij al thuis zijn?'
De Cock keek op zijn horloge en knikte.
'Voordat jij er bent.'
Vledder slenterde naar de kapstok.
De Cock kwam hem na.
'Ik heb nog niet van jou gehoord of je tocht naar het bevolkingsregister nog iets heeft opgeleverd.'
Vledder sloeg met zijn rechterhand voor zijn mond.
'Dat was ik vergeten. Ik heb, dacht ik, toch iets belangrijks gevonden.'
'Wat?'
'Eduard van Wezep.'
'Wat is er met Eduard van Wezep?'
'Hij heeft aan de Singel een woonboot.'
De Cock keek zijn jonge collega verbijsterd aan.
'Een woonboot?'
Vledder knikte.
'Niet ver van de Jeroenensteeg. Hij houdt daar kantoor.'

14

Ze slenterden langs het Korenmetershuisje op de Nieuwezijds Kolk op weg naar de Hartenstraat. De late avondlucht was kil. De Cock huiverde in zijn regenjas.
Hij miste de eigen gebreide pull-over, die zijn vrouw hem dwong te dragen als er een 'r' in de maand was.
Hij blikte opzij.
'Maakte Handige Henkie nog problemen?'
Vledder schudde zijn hoofd.
'Hij moest wel even zoeken... wist niet meer precies waar hij dat setje sleutels had gelaten. Volgens Handige Henkie waren er in zijn tijd al bijna geen kasten meer met een pompslot te vinden.'
'Dat weet ik.'
De jonge rechercheur grinnikte.
'Handige Henkie vroeg of jij je nu ook al aan brandkasten waagde. Volgens hem had jij beter inbreker kunnen worden dan rechercheur.'
De Cock gromde.
'Ik doe het niet om er beter van te worden.'
Vledder nam het setje pompslotsleutels uit zijn zak en gaf het aan De Cock.
'Jij weet hoe je ermee om moet gaan.'
De grijze speurder glimlachte.
'Lang geleden op de rechercheschool kregen we onderricht op het gebied van sloten. Volgens onze oude instructeur waren er vroeger inbrekers die zo'n pompslot met een potlood openmaakten.'
Vledder grinnikte.
'Met een potlood?'
De Cock knikte.
'Men kauwde net zo lang op de achterkant van een gewoon potlood tot het hout zacht was geworden. Dan drukte men het potlood stevig in het pompslot. Het zachte hout nam dan de contragroeven uit het inwendige van het slot over.'
Vledder lachte.
'Indianenverhalen.'

De Cock schudde zijn hoofd. Hij tastte in de binnenzak van zijn colbert en hield een potlood omhoog.
'Ik heb er voor alle zekerheid een meegenomen. Voor het geval dat geen enkele sleutel van het pompslotsetje van Handige Henkie past, kan ik altijd nog die oude truc toepassen en mag jij kauwen.'
Vledder vroeg niet meer.
De smalle Hartenstraat was uitgestorven. Alleen in de pizzeria zaten nog een paar klanten. Voor nummer 312 bleef De Cock staan en pakte het oude apparaatje van Handige Henkie. In luttele seconden had hij de voordeur geopend en ging naar binnen. Vledder volgde.
Voorzichtig drukte de oude rechercheur zich over de smalle houten trap omhoog. Op het portaal van de eerste etage pakte hij zijn zaklantaarn uit de steekzak van zijn regenjas en bescheen het slot van de toegangsdeur.
Met kennersblik koos hij uit het koperen houdertje de juiste stalen sleutelbaard. De deur piepte toen hij die open duwde.
Na enig zoeken vonden ze de ruime kamer waarin de oude heer Van Nederveld zijn indrukwekkende verzameling bewaarde. Het was aan de achterzijde van de woning. De Cock liet in stille bewondering het ovaal van zijn zaklantaarn door het vertrek dwalen. De verzameling die de oude heer Van Nederveld bijeen had gebracht, was inderdaad overweldigend.
Vledder hijgde in zijn nek.
'Het lijkt wel een uitdragerij.' De jonge rechercheur keek verbijsterd rond. 'Zou die oude rommel nog wat waard zijn?'
De Cock reageerde niet. Zijn aandacht gold een oude donkergroene brandkast, die in de ruimte tussen twee ramen stond. Hij liep er langzaam heen en hurkte er bij neer.
Vledder tikte op zijn schouder.
'Een pompslot?'
De Cock knikte.
'De kast is nog ouder dan ik had gedacht. Volgens mij stamt hij nog uit de vorige eeuw.'
De oude rechercheur nam het setje sleutels van Handige Henkie en probeerde ze een voor een. Eerst bij de achtste sleutel had hij het gevoel dat de groeven in het slot geen weerstand meer boden, maar zich gewillig voegden bij de groeven van de sleutel.

Met ingehouden adem draaide hij het slot terug en pakte de handgreep. De zware deur zoefde toen De Cock hem opentrok. De oude rechercheur voelde hoe naast hem het rechter bovenbeen van Vledder van spanning trilde.
'Zit er wat in?'
De Cock tastte in het inwendige van de brandkast. Zijn hand vond een tableau en trok dat naar zich toe. Vledder scheen bij. Op zwart fluweel lagen tientallen schitterende gouden en zilveren munten.
De grijze speurder legde het tableau naast zich neer. Daarna liet hij zijn duim langzaam langs de in de brandkast opeengestapelde tableaus glijden en telde hardop. Hij kwam tot dertien. Vervolgens pakte hij het tableau met de gouden en zilveren munten en legde dat terug in de brandkast.
Zijn oude knieën kraakten toen hij uit zijn gehurkte houding omhoog kwam.
'Als al die veertien tableaus,' sprak hij hoofdknikkend, 'oude munten van dezelfde kwaliteit bevatten, dan ligt hier voor een vermogen.'
Vledder stootte hem met zijn elleboog aan.
'Wat doen we?'
'Wat bedoel je?'
De jonge rechercheur snoof.
'Als de serie moorden omwille van deze muntenverzameling werd gepleegd, dan zal de moordenaar eens komen om zijn buit op te halen.'
De Cock knikte.
'Wil je daar op wachten?'
'Ja.'
De Cock trok een grijns.
'Hoe lang... een paar uur... een paar dagen... een week... een maand?'
Vledder reageerde wat timide.
'Het lijkt mij de enige mogelijkheid om de moordenaar te ontmaskeren.'
De Cock ademde diep.
'Als Gerard van Nederveld,' sprak hij met enige nadruk, 'straks, morgen of na een week hier opgewekt binnen komt stappen en zegt dat hij toch de brandkastsleutel van zijn oude

moeder heeft gevonden... is dat dan een bewijs dat hij de moorden heeft gepleegd?'
Vledder liet zijn hoofd iets zakken.
'Wat wil je dan?'
De Cock antwoordde niet. Zijn scherp gehoor had een geluid opgevangen... het kraken van de treden van de houten trap. Hij vatte Vledder bij zijn arm en beduidde hem stil te zijn.
Het kraken hield op. Het geluid van voetstappen kwam dichterbij. Langzaam ging de deur van het vertrek open. In de deuropening stond een man. De Cock scheen hem vol in zijn gezicht.
De mond van Vledder zakte open.
'Luigi Bonardi.'

De jonge pizzabakker hield zijn rechterhand beschermend voor zijn ogen. De Cock draaide zijn zaklantaarn en scheen op zijn eigen gezicht.
Luigi Bonardi zuchtte hoorbaar.
'Bent u het?'
Het klonk bevrijdend.
De Cock liep op hem toe en drukte naast hem op het lichtknopje aan de stijl van de deur. Het vertrek baadde in het volle licht. Daarna richtte hij zijn aandacht op de jongeman. In zijn smetteloos witte kokspak zag hij er aandoenlijk uit.
'Wat komt u hier doen?' vroeg hij streng.
Luigi Bonardi slikte.
'Kijken.'
'Zomaar... kijken?'
Luigi Bonardi gebaarde achter zich.
'Ik was aan het opruimen. Als de laatste klant uit mijn pizzeria is vertrokken zet ik altijd de stoelen recht en leeg de asbakken. Die stinken. Achter mijn keuken heb ik een kleine tuin. Daar staan mijn vuilnisemmers. Toen ik de asbakken daarin leeg gooide, zag ik in dit huis het dansende licht van zaklantaarns.'
De Cock kon een glimlach niet onderdrukken.
'Toen bent u gaan kijken?'
Luigi Bonardi knikte.
'Ik dacht aan inbrekers.'
De Cock keek hem verwonderd aan.

'U had de politie kunnen bellen. Het lijkt mij gevaarlijk om er alleen op af te gaan.'
Luigi Bonardi schudde zijn hoofd.
'Ik dacht... het zal wel weer familie zijn.'
De Cock fronste zijn wenkbrauwen.
'Familie?'
Luigi Bonardi knikte
'Kinderen van de oude mevrouw Van Nederveld. Na haar dood heb ik er al twee betrapt, die met een zaklantaarn in de hand stiekem in de woning van hun moeder scharrelden.'
'Twee?'
Luigi Bonardi knikte.
'Eerst die meid en een dag later Maurice.'

Op verzoek van rechercheur De Cock had Opper Vermeulen van de Rijkspolitie te Water zijn uniform thuis gelaten. In zijn burgerkleding zag de Opper er vriendelijk burgerlijk uit. Innemend. Ook zijn houding was minder autoritair.
Opper Vermeulen had van de Rijkspolitie te Water een kleine onopvallende sloep met een snelle motor gecharterd. Hij legde de sloep in de Singel aan de korte steiger aan het einde van de Jeroenensteeg vast. Vandaar hadden De Cock en hij een goed zicht op de woonboot waar Eduard van Wezep overdag kantoor hield.
Het was donker op de Singel en stil. Het klotsen van het water tegen de huid van de sloep was vrijwel het enige geluid dat van nabij tot hen doordrong. Ver weg klonk het geruis van het verkeer... het gieren van de trams die laat van het Stationsplein wegreden.
De Cock hield zijn blik strak op de woonboot van Eduard van Wezep gericht.
Een raam aan de waterzijde was hel verlicht. Zo nu en dan verscheen op het gesloten gordijn het silhouet van een jonge vrouw.
De Cock dacht na over zijn strategie. Zoals reeds dikwijls in het verleden, had de oude rechercheur voor de slotoperatie de hulp ingeroepen van Appie Keizer en Fred Prins.
Appie Keizer was met zijn blozend gelaat... als van een onschuldige landman... vrijwel overal en altijd inzetbaar. Zijn

pycnische habitus deed elke gedachte aan politie of recherche vervagen.
Fred Prins was een intelligente, bonkige jongeman, groot, breed en sterk als een beer. Bovendien was hij een uitstekend schutter.
De Cock was erg op deze collega's gesteld. En dat was al jaren wederkerig. De grijze speurder had nog nooit tevergeefs een beroep op hen gedaan. En ook nu hadden zij beiden zonder enige bedenkingen hun medewerking toegezegd.
Appie Keizer met zijn onafscheidelijke geruite pet op zijn kogelrond hoofd had de oude rechercheur met een mobilofoon op de hoek van de Singel en de Brouwersgracht gestationeerd.
Fred Prins stond op de Singel niet ver van de Roomolenstraat.
Van beide punten kon de fraaie woonboot van Eduard van Wezep goed in ogenschouw worden genomen.
Vledder had hij met de Golf naar Amstelveen gedirigeerd om de bewegingen van Gerard van Nederveld te controleren. Er bestond altijd de mogelijkheid dat hij zich niet aan de gemaakte afspraken zou houden en zich in verbinding zou stellen met degene die De Cock voor de serie moorden verantwoordelijk achtte. In dat geval stortte zijn gehele plan als een kaartenhuis ineen. Maar de grijze speurder had geen keus... zag geen andere mogelijkheid om de dader te ontmaskeren. Opper Vermeulen stootte hem aan.
'Het gaat toch om de drie lijken die ik uit het open havenfront heb gevist?'
De Cock knikte.
'Drie leden van de familie Van Nederveld.'
De Opper keek hem ongelovig aan.
'Zijn ze allen door een en dezelfde man omgebracht?'
De Cock knikte opnieuw.
'Die overtuiging heb ik.'
'En u weet wie die man is?'
De Cock glimlachte.
'Er gaapt in ons beroep een diepe kloof tussen weten en bewijzen. Daarom zitten wij hier beiden op dit late uur in deze sloep.'
De Opper Vermeulen zweeg en de minuten gleden als eeuwen voorbij.
De Cock voelde hoe de spanning in zijn aderen kroop. Het tintelde in de toppen van zijn vingers.

Opper Vermeulen boog zich naar hem toe.
'Hoe lang hebben we nog?'
De Cock blikte op de verlichte wijzerplaat van zijn horloge.
'Als alles volgens plan verloopt,' fluisterde hij, 'dan is onze man een kwartier geleden uit Amstelveen vertrokken.'
'Met een auto?'
'Inderdaad... gevolgd door een collega.'
'Wat verwacht u?'
De Cock schudde zijn hoofd.
'Dat is niet exact te voorspellen. Het hangt van de acteurs af.'
'Acteurs?'
De Cock reageerde vriendelijk.
'Zo noem ik de mensen die in deze affaire een rol spelen.'
De mobilofoon onder de regenjas van De Cock kraakte.
Het was de stem van Vledder.
'Gerard van Nederveld heeft zijn auto op de Brouwersgracht geparkeerd en loopt nu in de richting van de Singel.'
Nog geen minuut later meldde Appie Keizer zich.
'De man is aan mij voorbij gegaan en stapt in de richting van de woonboot.'
De hartslag van De Cock klom langzaam in een hogere versnelling. De aderen klopten in zijn hals. Het moment van de ontknoping naderde. En op het verloop van de nu volgende gebeurtenissen had hij tot zijn pijn en verdriet geen enkele greep.
Op het gordijn verscheen opnieuw het silhouet van de jonge vrouw. Ze liep een paar maal aan het raam voorbij, gehaast, nerveus.
Seconden verstreken. Ineens floepte het licht uit. Het silhouet was verdwenen. De Cock kwam met een ruk omhoog en tuimelde bijna over boord.
De gebeurtenissen volgden elkaar in een snel tempo op. Een wilde schreeuw trilde over het water. De jonge vrouw rende vanaf de woonboot de Singel op. Haar lange blonde haren wapperden. Van twee kanten liepen Fred Prins en Appie Keizer op haar toe. Hun dreunende voetstappen echoden tegen de oude gevels.
Toen de jonge vrouw de beide rechercheurs in het oog kreeg, bleef ze even besluiteloos staan. Toen liep ze naar de wallekant en dook tussen twee woonboten door in het water van de Singel.

Opper Vermeulen startte de motor van de sloep en maakte het touw los. Met grote routine manoeuvreerde hij de sloep in de richting van het blonde hoofd. Het stak net even boven het drabbige water uit. Toen hij haar bijna was genaderd, dook ze onder en kwam een paar meter verder weer boven water. Opper Vermeulen stuurde de sloep naar haar toe en greep haar in het voorbij varen bij haar lange blonde haren vast. Met behulp van De Cock trok hij haar binnenboord.
De beide mannen hijgden na en De Cock wreef de natte blonde haren uit haar gezicht.
Opper Vermeulen keek hem vragend aan.
'Wie is zij?'
De Cock trok zijn gezicht strak.
'Evelien van Wezep, geboren Van Nederveld... verantwoordelijk voor de moord op drie leden van haar familie.'

15

De ding-dong in de gang dreunde nog een beetje na. De Cock deed de deur van zijn woning open. Voor hem op de stoep stond Dick Vledder. De jonge rechercheur lachte wat verlegen. In zijn linkerhand bungelde een bos fraaie rode rozen.
'Voor jouw vrouw,' legde hij uit. 'Hoe langer ik jou ken... hoe meer ik haar ga bewonderen.'
De Cock schudde zijn hoofd.
'Die stelling is volgens mij niet langer houdbaar. Ze is achterhaald. Je moet een ander motief zoeken om haar rozen te schenken.'
De oude rechercheur richtte zijn blik op het boeket.
'Je hebt flink in je geldbuidel getast.'
Vledder grinnikte.
'Voor jouw vrouw heb ik dat over.'
De Cock lachte vrolijk.
'Je bent onverbeterlijk.' Hij stapte opzij. 'Kom erin.'
'Zijn de anderen er al?'
De Cock knikte.

'Appie Keizer en Fred Prins zitten bij mijn vrouw en hebben het hoogste woord.'
Vledder trok zijn schouders op.
'Waarover? Ze hebben bij de ontknoping geen hand behoeven uit te steken.'
De Cock negeerde de opmerking.
'Wat heb je met Gerard van Nederveld gedaan?'
Vledder maakte een hoofdbeweging.
'Naar Amstelveen gebracht... in zijn eigen wagen. De Golf heb ik op de Brouwersgracht laten staan. Die heb ik later opgehaald.'
'Kon hij zelf niet rijden?'
Vledder schudde zijn hoofd.
'Toen ik in de woonboot kwam zat hij als versuft in een stoel. Hij was totaal ontdaan. Geschokt. Zijn zuster Evelien schijnt echt een poging te hebben gedaan om hem te wurgen.'
'Was hij gewond?'

Vledder schudde opnieuw zijn hoofd.
'Geen schrammetje. Het was een goed idee van jou... dat orthopedisch hulpmiddel.'
De Cock glimlachte.
'Je bedoelt die zachte halskraag voor mensen met pijnlijke nekwervels?'
Vledder knikte.
'Het werkte perfect. Toen Gerard de woonboot binnenstapte, deed Evelien onmiddellijk het licht uit en sloeg een koord om zijn nek. Het was een bliksemactie. Ze raakte in paniek toen ze bemerkte dat de hals van haar broer met die halskraag was beschermd.'
Ze stapten gezamenlijk de woonkamer in. Mevrouw De Cock kwam onmiddellijk overeind en schudde Vledder ter begroeting de hand. Met een gebaar van verrukking nam ze de rozen in ontvangst. Ze wuifde uitnodigend naar een diepe leren fauteuil.
'Ga zitten,' riep ze hartelijk. 'Mijn man vroeg zich al af waar je bleef.'
De jonge rechercheur glimlachte.
'Ik heb vanavond met Afra Molenkamp onze administratie nog eens doorgespit om te zien of we iets tegen Peter van der Zwaard kunnen ondernemen. Ik kan de gedachte niet goed verdragen dat hij buiten schot blijft.'
Appie Keizer wenkte.
'Wie is Peter van der Zwaard?'
De Cock stak afwerend zijn handen vooruit. Daarna vatte hij de fles cognac Napoleon, die hij speciaal voor dergelijke gelegenheden in voorraad hield, en vulde ruim de bodem van de diepbolle, voorverwarmde glazen. Hij reikte die zijn vrienden aan. Daarna hield hij zijn glas omhoog.
'Op het trieste einde van wellicht de moeilijkste zaak uit mijn loopbaan... lijken op drift.'
Fred Prins lachte.
'Ik dacht dat jij alleen maar moeilijke zaken behandelde.'
De Cock knikte.
'Het lot is mij wat dat betreft niet gunstig gezind. Er kruisen steeds ingewikkelde affaires mijn pad.'
Fred Prins keek hem ongelovig aan.

'En dit was jouw moeilijkste?'
De Cock staarde even voor zich uit.
'Ik heb in deze zaak,' sprak hij ernstig, 'een kapitale fout gemaakt.'
Vledder keek hem verwonderd aan.
'Waar... wanneer?'
De Cock schudde zijn hoofd.
'Geen behandelingsfout... geen verkeerde arrestatie of een stom verhoor. Maar het idee dat een kind zijn beide ouders vermoordt, kon maar moeilijk toegang vinden tot mijn gedachten. Toen jij, Dick, na enige tijd de overtuiging kreeg dat het motief voor de moord op het echtpaar Van Nederveld buiten de familiesfeer lag en daarvoor ogenschijnlijk ook een reeks aanwijzingen opdoemden, ben ik die lijn gretig gevolgd.'
Fred Prins knikte begrijpend.
'Je wilde de werkelijkheid niet onder ogen zien. Die vond je te gruwelijk.'
De Cock knikte hem dankbaar toe.
'Zoiets moet zich in mijn gedachten hebben afgespeeld.'
Vledder zwaaide om aandacht.
'Wanneer ben je toch Evelien gaan verdenken?'
De Cock nam een slok van zijn cognac.
'Na de moord op Marcel en de ontdekking dat zijn foto bij Peter van der Zwaard op het bureau stond. Toen zag ik plotseling de draad.'
'Dat begrijp ik niet.'
De Cock negeerde de opmerking.
'Een mens,' sprak hij docerend, 'is een product van erfelijkheid en milieu. Daarover zijn de geleerden het al tijdenlang eens. Waar men nog steeds over twist is de vraag welke van de beide factoren de grootste invloed hebben op het gedrag van een mens.'
De oude rechercheur zweeg even.
'Evelien van Nederveld was een kind van haar vader.'
Appie Keizer lachte.
'Dat is geen verrassing.'
De Cock wuifde de opmerking weg.
'Ik bedoel,' sprak hij bedachtzaam, 'dat zij de geaardheid van haar vader had geërfd. Vader Van Nederveld was een verwoed

verzamelaar. Wanneer een object zijn begeerte had gewekt, dan deinsde hij niet terug voor louche praktijken. Zijn verzameling ging voor alles. Daar offerde hij zelfs zijn gezin aan op. Zijn grootste vreugde was zijn exclusieve verzameling munten. Een vreugde die hij met zijn dochter deelde.'
Vledder keek hem aan.
'Evelien wist dat haar vader die kostbare muntenverzameling bezat?'
De Cock knikte.
'Ze ging als kind al met haar vader op pad om die verzameling aan te vullen en uit te breiden.'
'Toch vermoordde ze haar vader?'
De Cock schudde zijn hoofd.
'Dat was geen moord... geen boos opzet.'
'Wat was het dan?'
De Cock antwoordde niet direct.
'De oude mevrouw Van Nederveld,' legde hij uit, 'gesteund door haar zoon Gerard oefenden regelmatig druk op vader Van Nederveld uit om zijn verzameling te gelde te maken. Ongeveer een jaar geleden dreigde hij voor die druk te bezwijken. Hij besloot eindelijk een gedeelte van zijn muntenverzameling te verkopen. Dat kwam Evelien ter ore. Zij nodigde haar vader op de woonboot van haar man aan de Singel uit om hem van gedachte te doen veranderen.'
Vledder knikte begrijpend.
'Dat liep verkeerd.'
De Cock knikte.
'Vader Van Nederveld vertelde zijn dochter dat hij niet langer was opgewassen tegen de hetze van zijn vrouw en zijn zoon Gerard. Evelien verweet hem zijn zwak gedrag en eiste van hem de muntenverzameling volledig intact te houden.'
'Ze kregen ruzie?'
De Cock knikte opnieuw.
'De temperamentvolle Evelien greep haar vader bij de keel. Vanmorgen vertelde ze mij tijdens haar verhoor dat ze niet de bedoeling had om hem te vermoorden, maar plotseling zakte hij levenloos uit haar handen.'
'Ze had hem gewurgd?'
De Cock maakte een hulpeloos gebaar.

'Dat is niet helemaal zeker. Het is ook mogelijk dat de oude man als gevolg van haar aanval een hartverlamming kreeg. We zullen dat nooit weten. Evelien raakte aanvankelijk in paniek, maar realiseerde zich na een poosje dat niemand van de afspraak tussen haar en haar vader wist.'
Vledder zuchtte.
'Ze besloot zich van het lijk te ontdoen en liet het vanaf de woonboot 's nachts in het water van de Singel glijden.'
De Cock zweeg even.
'Door het spuien dreef het naar het open havenfront.'
Vledder boog zich iets naar voren.
'Hoe kwam Evelien ertoe om haar moeder en Gerard van moord op haar vader te betichten?'
De Cock grijnsde.
'Het was een gedachteketen om haar eigen schuldgevoelens te ontlasten. Wanneer haar moeder en Gerard geen pressie op haar vader hadden uitgeoefend, dan was zij inzake de muntenverzameling nooit in aanvaring met haar vader gekomen... was dat verschrikkelijke ongeluk nooit gebeurd. De schuld lag dus bij haar moeder... met wie zij nooit enige band had gevoeld... en bij haar oudste broer Gerard.'
'Een vlucht.'
De Cock knikte.
'Zo zou men dat kunnen noemen. Ze ging daarin heel ver.
De gedachtegang dat moeder en Gerard verantwoordelijk waren voor de dood van haar vader, bracht ze ook over op de tweeling.'
Vledder zuchtte.
'Dat heb ik gemerkt op Westgaarde toen Maurice zijn broer Gerard te lijf ging.'
Fred Prins zwaaide om aandacht.
'Waarom vermoordde ze haar moeder?'
De Cock schonk hem een moede grijns.
'Om vrijwel dezelfde reden als waarom zij haar vader aanviel. Evelien wilde de muntenverzameling van haar vader intact houden.
Na de dood van haar man wilde moeder Van Nederveld uit de Hartenstraat weg. Ze voelde zich daar niet prettig meer. Toen er in Opperdoes, naast de woning van haar zuster, een huisje vrij

kwam, wilde ze dat kopen. Om aan geld te komen, nam ze contact op met Peter van der Zwaard en bood hem de muntenverzameling aan.'
De Cock zweeg even. Voorzichtig nam hij nog een slok van zijn cognac.
'Ik heb in het begin van de avond gezegd dat de dood van Marcel en de ontdekking dat zijn foto bij Peter van der Zwaard op zijn bureau stond, mij op de gedachte brachten dat Evelien bij de moorden was betrokken.
Ik begreep aanvankelijk niet hoe Evelien wist dat haar moeder het plan had opgevat om zich van de muntenverzameling te ontdoen. Beiden hadden nagenoeg geen contact meer.'
Het gezicht van Vledder klaarde op.
'Ze wist dat van Marcel.'
De Cock knikte.
'Marcel had dat van zijn vriend Peter van der Zwaard gehoord.'
Fred Prins spreidde zijn handen.
'Ik begrijp het. Bij de moord op haar moeder volgde Evelien dezelfde methode. Ze ontbood haar moeder op de woonboot van haar man.'
De Cock zuchtte.
'Ze vertelde mij vanmorgen tijdens haar verhoor dat de strangulatie van haar moeder geen gevoelens van schuld bij haar hadden opgeroepen. Ze had die daad bijna emotieloos volbracht.'
Appie Keizer snoof.
'Wat een serpent. Ik zou...'
Fred Prins onderbrak hem.
'Ik begrijp het niet. Waarom doodde ze haar broer... die Marcel. Daar had ze toch steun aan gehad? Bovendien... hij was toch niet van plan om de muntenverzameling van haar vader aan te tasten?'
De Cock grinnikte.
'Marcel werd wakker.'
'Hoe bedoel je?'
De Cock bracht zijn handen naar voren en drukte de vingertoppen tegen elkaar.
'Marcel hoorde van zijn vriend Peter van der Zwaard dat zijn vader werd vermoord, nadat hij de muntenverzameling aan hem wilde verkopen. Zijn moeder vond de dood, nadat zij aan

Peter van der Zwaard te kennen had gegeven dat zij zich van de muntenverzameling wilde ontdoen.'
Vledder keek hem met grote ogen aan.
'Dat bracht hem op het idee, dat niet zijn moeder en zijn broer Gerard verantwoordelijk waren voor de dood van zijn vader, maar dat zijn zuster Evelien wel eens iets met de moorden uitstaande kon hebben.'
De Cock knikte.
'Marcel was alleen zo dom om zijn vermoeden rechtstreeks aan zijn zuster kenbaar te maken. Evelien besefte dat haar broer Marcel voor haar een gevaar was gaan vormen. Ze nodigde hem voor een gesprek uit op de woonboot van haar man.'
Vledder kneep zijn lippen opeen.
'Het werd zijn dood.'
De Cock wreef met zijn hand over zijn grijze haren. De uiteenzetting had hem vermoeid.
'Marcel had weinig weerstand,' ging hij verder. 'Hij was verzwakt door een steekwond die hij enige dagen tevoren had opgelopen.'
Appie Keizer fronste zijn wenkbrauwen.
'Was zij daar ook verantwoordelijk voor?'
De Cock schudde zijn hoofd.
'Het was een ordinaire straatroof. Vanmorgen hebben ze aan bureau Lijnbaansgracht een junk gearresteerd. Hij probeerde betaalcheques te verzilveren en legitimeerde zich met het rijbewijs van Marcel.'
Fred Prins hield zijn leeg glas omhoog. De Cock pakte zijn fles Napoleon en schonk nog eens in. De jonge rechercheur keek toe.
'Wat gebeurt er met die muntenverzameling?'
De Cock glimlachte.
'Ik heb vanmorgen na het verhoor van Evelien een uitgebreid gesprek gehad met Gerard en Maurice van Nederveld. De broers hebben zich met elkaar verzoend.
Ze hebben besloten om de muntenverzameling van hun vader compleet te houden en te bewaren totdat Evelien haar straf heeft uitgezeten.'
'En dan valt de verzameling haar toe?'
De Cock knikte.

'Dat is inderdaad het plan.'
Fred Prins schudde ontzet zijn hoofd.
'Ongelooflijk.'
De Cock schonk ook de anderen nog eens in.
'Er waren,' legde hij geduldig uit, 'bij de broers... noch bij Gerard, noch bij Maurice gevoelens van rancune... alleen verslagenheid.'
De Cock zweeg en leunde in zijn fauteuil achterover. Hij voelde zich uitgeput.
Mevrouw De Cock repte zich naar de keuken en kwam terug met schalen vol lekkernijen.
Het gesprek werd algemener. De zaak van de familiemoorden raakte op de achtergrond.
Tegen middernacht namen de jonge collega's afscheid. Toen ze waren vertrokken, schoof mevrouw De Cock een poef bij en ging tegenover haar man zitten.
'Ze hebben het vanavond geen van allen gevraagd,' sprak ze zacht.
'Wat?'
'Hoe kwam Evelien ertoe om haar broer Gerard op de woonboot van haar man uit te nodigen met het doel om hem te vermoorden?'
De Cock glimlachte.
'Soms helpt het kwaad.'
Mevrouw De Cock keek haar man bestraffend aan.
'Wees duidelijker, Jurrian.'
De Cock beet peinzend op zijn onderlip.
'Ik ben naar Peter van der Zwaard gestapt... heb hem verteld wat ik wist van zijn praktijken.'
'En?'
Er gleed een grijns over het gezicht van de grijze speurder.
'Ik heb hem in mijn bijzijn Evelien van Nederveld laten bellen met de mededeling dat haar broer Gerard de muntenverzameling van haar vader bij hem te koop had aangeboden.'
Mevrouw De Cock knikte begrijpend.
'En Evelien ging tot actie over.'
De Cock liet zijn hoofd iets zakken.
'Het heeft mij de grootste moeite gekost,' sprak hij loom, 'om Gerard tot medewerking te bewegen. Gerard was de beste uit

het nest. Tot het laatste moment ben ik bang geweest dat hij zijn zuster zou inlichten over hetgeen haar te wachten stond.'
'Hij deed het niet.'
'Gelukkig.'
'Is verzamelen niets voor jou?'

De oude rechercheur keek zijn vrouw vertederd aan.
'Ik heb jou verzameld... en nooit naar een tweede exemplaar verlangd.'

De volgende boeken van Baantjer zijn bij de Fontein verschenen:

1 1963 De Cock en een strop voor Bobby
2 1965 De Cock en de wurger op zondag
3 1965 De Cock en het lijk in de kerstnacht
4 1967 De Cock en de moord op Anna Bentveld
5 1967 De Cock en het sombere naakt
6 1968 De Cock en de dode harlekijn
7 1969 De Cock en de treurende kater
8 1970 De Cock en de ontgoochelde dode
9 1971 De Cock en de zorgvuldige moordenaar
10 1972 De Cock en de romance in moord
11 1972 De Cock en de stervende wandelaar
12 1973 De Cock en het lijk aan de kerkmuur
13 1974 De Cock en de dansende dood
14 1978 De Cock en de naakte juffer
15 1979 De Cock en de broeders van de zachte dood
16 1980 De Cock en het dodelijk akkoord
17 1981 De Cock en de moord in seance
18 1982 De Cock en de moord in extase
19 1982 De Cock en de smekende dood
20 1983 De Cock en de ganzen van de dood
21 1983 De Cock en de moord op melodie
22 1984 De Cock en de dood van een clown
23 1984 De Cock en een variant op moord
24 1985 De Cock en moord op termijn
25 1985 De Cock en moord op de Bloedberg
26 1986 De Cock en de dode minnaars
27 1987 De Cock en het masker van de dood
28 1987 De Cock en het lijk op retour
29 1988 De Cock en moord in brons
30 1988 De Cock en een dodelijke dreiging
31 1989 De Cock en moord eerste klasse
32 1989 De Cock en de bloedwraak
33 1990 De Cock en moord à la carte
34 1990 De Cock en moord in beeld
35 1991 De Cock en danse macabre
36 1992 De Cock en een duivels komplot
37 1992 De Cock en de ontluisterende dood
38 1992 De Cock en het duel in de nacht
39 1993 De Cock en de dood van een profeet
40 1993 De Cock en kogels voor een bruid
41 1994 De Cock en de dode meesters
42 1994 De Cock en de sluimerende dood
43 1995 De Cock en 't wassend kwaad
44 1995 De Cock en het roodzijden nachthemd
45 1996 De Cock en moord bij maanlicht
46 1996 De Cock en de geur van rottend hout
47 1997 De Cock en een dodelijk rendez-vous
48 1997 De Cock en tranen aan de Leie
49 1998 De Cock en het lijk op drift

Andere titels van Baantjer:
De dertien katten
Misdaad in het verleden
Een Amsterdamse rechercheur
Rechercheur Baantjer van bureau Warmoesstraat vertelt, deel 1 t/m 9

Verkrijgbaar bij de boekhandel